# 酒楼にて／非攻

## 魯迅

藤井省三訳

kobunsha classics

光文社

Title : 在酒楼上
1924
非攻
1934
Author : 魯迅

#『酒楼にて／非攻』目次

※本文中［　］で囲んだ部分は、訳者による補足です。

魯迅ゆかりの東アジアの都市（清朝末期〜中華民国期）

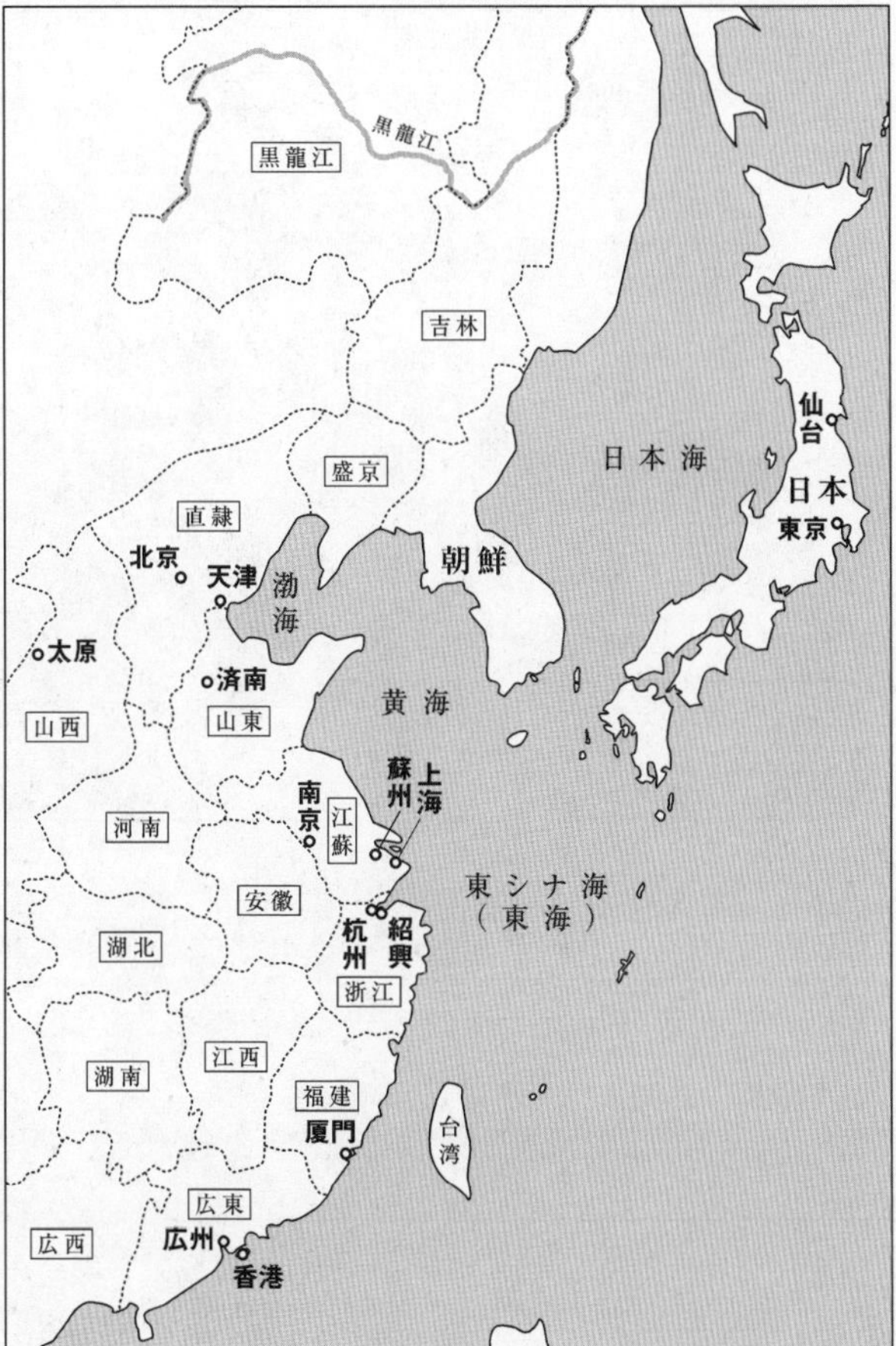

春秋時代の中国(前8〜前5世紀)

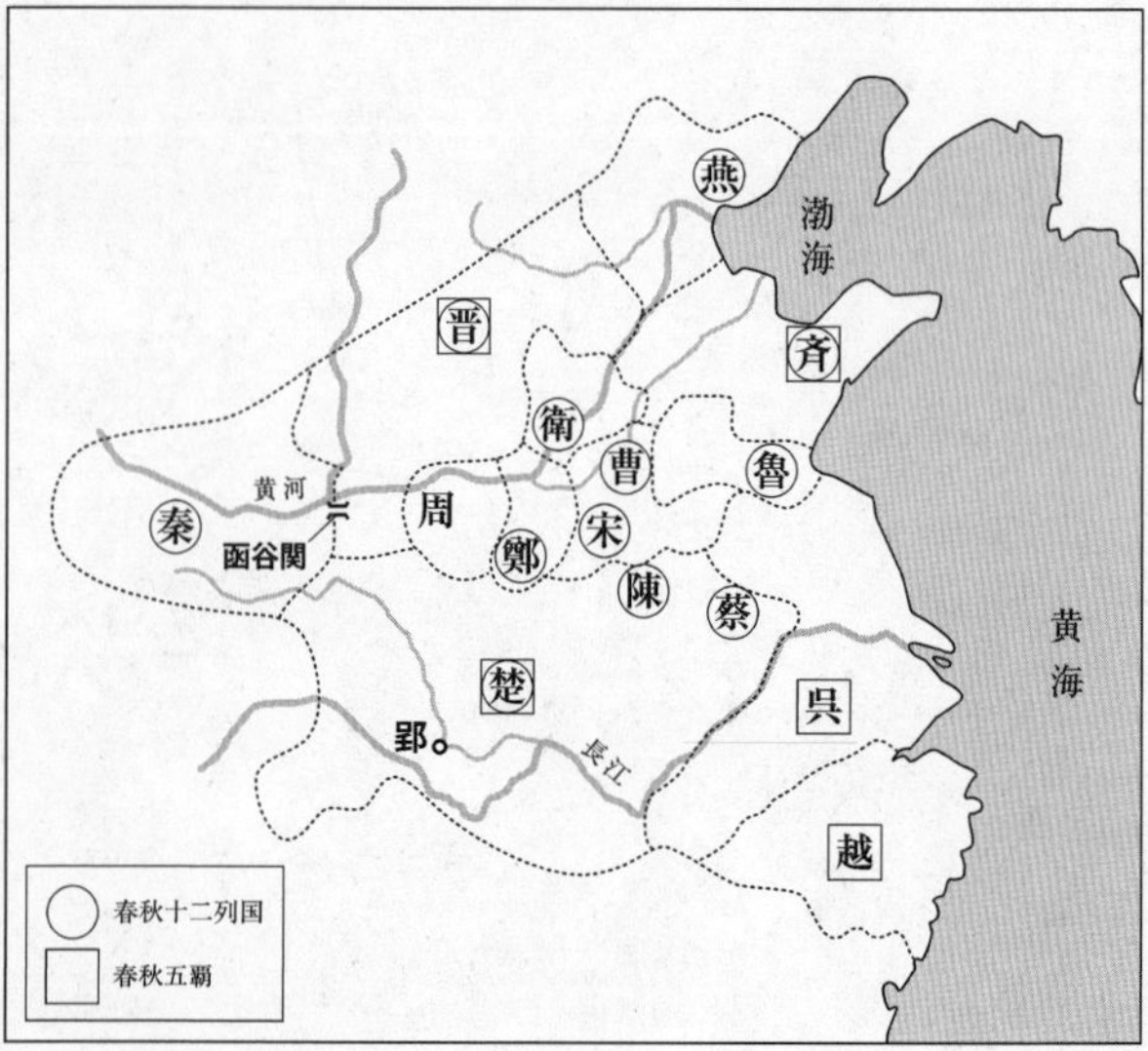

# 酒楼にて／非　攻

## 訳者まえがき

魯迅《ルーシュン》(ろじん)は一八八一年に、上海の南西約二〇〇キロにある古都紹興《シャオシン》で、地主官僚の家に生まれました。当時の中国は、北方の少数民族であった満州民族が漢民族を征服して立てた清《しん》王朝の支配下にあり、一八世紀には世界でも最大級の繁栄を誇りましたが、一九世紀半ばには人口増加などの内政問題と産業革命後の欧米諸国の東アジア侵略により急速に衰弱します。アヘン戦争(一八四〇〜四二)後に上海を開港し、イギリス・アメリカ・フランスによる租界建設を認めたことは象徴的な事件でした。その後は清朝も体制改革を模索し、欧米資本や中国資本による近代的商工業も発展しました。

日本は幕末には清朝に学んで近代化=欧化に着手しましたが、明治維新後には急速な改革を行って清朝を追い越し、日清戦争(一八九四〜九五)で清朝の陸海軍に圧勝しました。深まる危機を前に、中国では康有為《カンヨウウェイ》（こうゆうい、一八五八〜一九二七）らが明治維新モデルの立憲君主制による近代化を唱えて変法《へんぽう》運動を開始しますが、西太《せいたい》后《ごう》（一八三五〜一九〇八）ら保守派がクーデター（戊戌政変、一八九八）によって運動を弾圧したのです。その後はより急進的な民族主義革命派が登場して清朝打倒と漢民族による国民国家建設をめざし、各種雑誌による宣伝活動や武装蜂起を開始するのでした。

清朝は一九一一年の辛亥《しんがい》革命で倒壊し、翌年共和国の中華民国が誕生しますが、その後も袁世凱《ユワンシーカイ》（えんせいがい、一八五九〜一九一六）による帝政復古や軍閥割拠など政治的混乱が続きます。これに対し陳独秀《チエントウシウ》（ちんどくしゅう、一八七九〜一九四二）や胡適《フーシー》（こてき、一八九一〜一九六二）ら日本・アメリカ留学組の知識人は、口語文による新しい文体の「国語」を創出し、国語によって民衆に国民国家共同体を想像させようとして、一九一七年に文学革命を提唱しました。

魯迅はこのような時代の大転換期を生きながら、文学により伝統と現代の矛盾を考察し、新しい社会における人間のあり方を模索した人なのです。その第一歩として青年時代の魯迅は、科挙の試験に合格して高級官僚となり退職後は地主となるという伝統的な処世法を拒否し、一九〇二年に日本に留学して民族主義革命派となりました。最初は革命軍の軍医を志して仙台医学専門学校（現・東北大学医学部）で学び、やがて当時最先端の職業であった文学者となることを夢みて、東アジア最大のメディア都市東京で文学活動を開始するのでした。しかしロマン派詩人論などを発表するための文芸誌創刊に失敗し、〇九年失意の内に帰国します。

魯迅は故郷の紹興で化学・生物の教師として勤めるうちに辛亥革命を迎え、中華民国教育部（日本の文科省に相当）の課長級官僚となって北京に行きます。そして文学革命が始まりますと、名作を次々と発表して中国近代文学の父となるのでした。

文学革命に続けて、中華民国を武力により再統一しようとする国民革命の気運が高まる中、改革派知識人たちはアメリカン・デモクラシー派と、ロシア革命（一九一七）の影響を受けた国民・共産両党、ロシア革命に批判的なアナーキストとの三者に分裂していきます。魯迅は短篇小説「故郷」で動揺する知識人の心境を「希望とは本来あるとも言えないし、ないとも言えない……」と語っていますが、その後もキリストの呪いを受けて永遠に歩み続ける〝さまよえるユダヤ人〟伝説に深い共感を示し、自らを罪人と自覚し安息を許さず永遠の闘いを課そうと決意するのでした。

国民革命は一九二四年に国民党の指導者孫文《スンウェン》（そんぶん、一八六六～一九二五）が共産党との合作に踏み切り、蔣介石《チアンチエシー》（しょうかいせき、一八八七～一九七五）が二六年七月国民革命軍を率いて北伐戦争を敢行、二八年末には中国をほぼ統一します。しかし、その過程で二七年四月のクーデターで共産党を粛清した蔣派を、魯迅は革命の裏切り者と厳しく非難して左翼文壇の旗頭となっていきます。また、同年一〇月には北京女高師講師時代の教え子、許広平《シュイクアンピン》（きょこうへい、一八九八～一九六八）と上海で同棲を始めています。印税収入で暮らす魯迅が、郊外の瀟洒なマンション住まい、ハイヤーで都心へハリウッド映画通いなど、中産階級の生活を享受できたのは、三〇年代上海ではメディアが高度に発達し、近代的市民社会が一部なりとも実現されていたからなのです。

当時の上海は文芸論戦の街でもあり、一九三〇年には言論統制を強化する国民党に対抗する中国左翼作家連盟（略称、左連）が結成され、右翼や中間派との論戦が巻き起こりました。上海では国民党による白色テロが横行するいっぽう、三一年には満州事変と連動した日本軍による上海事変が勃発、さらに日本は華北に侵攻し日本製品の密輸を増大させたため、上海の民族資本家層も抗日に傾きましたが、作家の連合を重視する魯迅と共産党指導を重視する党員作家との間に溝がありました。三五年末に共産党の抗日民族統一戦線政策に呼応して、周揚《チョウヤン》（しゅうよう、一九〇八〜八九）が国防文学を提唱するのに対し、魯迅は国民党との再協力に対する拒否感と階級的観点から、「民族革命戦争の大衆文学」のスローガンを提起したため、魯迅と周揚との対立は鮮明化しました。魯迅はこの国防文学論戦のさなかの一九三六年一〇月一九日、持病の喘息の発作で急逝したのです。

本書に収録した作品は、国民革命・北伐戦争期から日中戦争開始の前年まで、すなわち魯迅晩年の十二年間に発表されたもので、前半の四篇は第二創作集『彷徨《ほうこう》』（一九二六）から、後半の四篇は英雄聖賢たちの奇談・美談を語り直した『故事新編《こじしんぺん》』（一九三六）から、それぞれ選びました。

辛亥革命から抗日戦争に至る中華民国史は、明治維新から大正デモクラシーを経て昭和の日中戦争に至る日本史に相当します。日本人が約七〇年間をかけて体験した近代を、中国人はわずか三〇年ほどの短期間で駆け抜けなくてはなりませんでした。このような急変する中華民国期にあって、魯迅をはじめとする多くの知識階級は迷い続けており、魯迅は自らの第二創作集に「さまよい歩く」という意味の書名『彷徨』を冠しているのです。

古典新訳文庫『故郷／阿Q正伝』に収録されている第一創作集『吶喊《とっかん》』の作品群では、伝統中国に対する批判が顕著でしたが、『彷徨』所収の短篇群においては、伝統批判を通じて中国人が獲得しつつあった近代性に対しても深い省察がなされています。『彷徨』では苦境寂寞《せきばく》の中での沈思黙考という魯迅文学固有のテーマが、『吶喊』よりもさらに円熟した文体で、さまざまな視点から語られています。本書は、『彷徨』の中でも特に愛と死をテーマとする四作品を収録しました。

貧困のために幼児期に身売りされ、二度の結婚を強いられるも二人の夫と死別し、愛児も狼に食われて失い、乞食となった農婦と、彼女に死後に魂はあるのか地獄もあるのかと問われて答えに窮してしまう「僕」の物語「祝福」、帰郷した「僕」が故郷で再会した旧友から聞いた帰郷体験を語る物語「酒楼にて」、東アジアの女性に近代的身体をもたらした香の革命の原点である舶来の石鹼をめぐって、中年夫婦の間に一波乱が生じる「石鹼」、そして自由恋愛革命の最先端を突き進んで同棲に至った女性を見殺しにすることになる青年の手記「愛と死」――この四篇には中華民国期のさまざまな階層・世代の男女が登場しますが、みな迷い続け、〝彷徨《さまよ》〟い続けているのです。

魯迅は芥川龍之介の王朝物である「鼻」「羅生門」を翻訳した際に、「古代の物語は彼の改作を経ると、新しい生命を注ぎ込まれて、現代人と関係を生じる」と解説しました。このような芥川文学に対し、魯迅の『故事新編』は神話的英雄や古代の聖賢を主人公としつつ、過激な笑いと憎しみ悲しみに満ちています。

「奔月《ほんげつ》」の英雄は、神業の弓術で獲物を乱獲して動物を絶滅させたため今や失業状態、お后《きさき》に月へと逃げられてしまいます。「鋳剣《ちゅうけん》」の少年が大王に殺された父の敵討ちが叶うならと、名刀で自らの首を切り落とし、謎の男に手渡す一場は妖しいエロスさえ感じさせます。「非攻《ひこう》」は春秋戦国期の思想家墨子《ぼくし》（前四六八頃〜前三七六頃）が、反戦のため奔走するようすを描いた作品で、彼に対する魯迅のペーソス溢れる共感は現代にも広がっており、日本人作家の酒見賢一の小説『墨攻』（一九九一）やさらにそのアジア四地域合作映画化作品『墨攻』（二〇〇六）へと展開しています。孔子との思想界における権力闘争が煩わしくなった老子が、交通の要衝で守りの堅い函谷関《かんこくかん》の関所を越えて砂漠へと逃げて行く物語「出関《しゅっかん》」は、窮極の〝彷徨〟を描くものと言えるでしょう。

これら四篇には古代には存在しなかった唐辛子やトウモロコシなどから麻雀や蓄音機まで、近世以後の食物や習俗が頻出します。古代のお后様が、現代の庶民料理ジャージャン麵（炸醬麵《チャーチアンメン》）しか食べられない毎日という一節からは、悪ふざけをする魯迅の呵呵大笑《かかたいしょう》が聞こえてくるかのようです。教科書でおなじみの珠玉の短篇「故郷」などで、まじめで深刻な魯迅像に親しんできた読者は、本書をお読みになってびっくりなさることでしょう。

本書では『故郷／阿Q正伝』と同様にこのような原作の複雑にさまよう文章や、時代考証の枠を超越した語りを無理に意訳することなく、直訳を心がけました。また従来の訳は魯迅の原文を分節化して、二倍から三倍もの句点「。」を使用していますが、本書では基本的に句点は魯迅原文に準じています。また本書収録の小説群は日本の森鷗外、ポーランドのシェンキェヴィチ、英国のオスカー・ワイルドらの影響を受けています。

これらの点について、詳しくは巻末の解説をご参照下さい。

# 彷《ほう》徨《こう》

# 祝福

旧暦の年末がやはりいちばん年末らしく、村や町ではむろんのこと、空にもまもなく新年という気配が漂っている。灰色のどんよりした夕暮れ雲の間からしきりに閃光が走ったかと思うと、鈍い音が続くのは、竈《かまど》の神[1]を見送る爆竹であり、近所で鳴るとさらにずっと強烈で、耳をつんざく大音響が静まらぬうちに、大気中にすでにかすかな火薬の匂いが広がっている。僕はまさにこの夜に故郷である魯鎮《ルーチエン》に帰り着いたのだ。故郷とは言うものの、すでに家はなく、そこでしばし魯四旦那《ルースーだんな》[2]のお宅に厄介になるしかなかった。彼は僕とは同じ一族で、僕よりも一世代上、「四叔《スーシュー》」と呼ぶべき人で、朱子学を尊び昔の国子監[3]学生の肩書きを持っていた。彼は以前と大して変わりがなく、ただ少し老けただけであるが、まだひげを生やしてはおらず、会うと時候の挨拶、挨拶のあとは僕のことを「肥った」と言い、「肥った」のあとは新党[4]をボロクソに罵った。だが僕への当てこすりではないことは、僕にも分かっていた——彼が罵る相手が相変わらず康有為《カンヨウウェイ》[5]だったからだ。しかし話はどうにも合わず、そのためほどなくして、僕はひとりで書斎に残された。

翌日僕は遅くまで寝て、昼食後に、一族の者や友人に会いに行き、三日目も同様だった。彼らも大して変わりがなく、ただ少し老けただけであるが、どの家も忙しく、みな「祝福」[6]の準備をしていた。これは魯鎮《ルーチェン》の年末の大祭で、礼を尽くして、福神を迎え、来年一年の幸運を願うのだ。鶏《とり》をしめ、鵞鳥《がちょう》を割き、豚肉を買い、念入りに肉の隅々まで洗うので、女たちの腕は水に浸かって真っ赤になるのだが、二本の銀線を捻《よ》り合わせた腕輪まで付けている者もいる。煮上がってからは、これらの肉の上に何本もの箸を突き差し乱立させると、「福礼」と称されるものとなり、五更の時刻［一夜を五つに分けた五番目。夜明けの約二時間前］に並べ、さらに線香と蠟燭を点し、恭《うやうや》しく福神たちに召し上がっていただくのであり、このとき拝礼するのは男に限られ、拝礼が終われば当然再び爆竹を鳴らすのだ。これは毎年のことであり、どの家もすることであり——福礼と爆竹などを買うことができればの話だが——今年も当然そうしているのだ。空がしだいに暗くなり、午後には雪が降りはじめ、雪花《せっか》［雪片を花にたとえたもの」は梅の花ほども大きく、空いっぱいに舞い踊って、霧と慌ただしい気配とを混ぜ合わせにするので、魯鎮《ルーチェン》はわけの分からぬ状態となっていた。僕が四叔《スーシュー》の書斎に戻った時には、屋根の瓦はすでに真っ白で、部屋の中は雪明かりに照らされ、壁に掛かった朱色の拓本の大きな「壽」の字がくっきり浮かびあがっており、それは陳摶《ちんたん》老祖［五代、宋初の道士］が書いたもの、片側の対聯《ついれん》［左右一対の縁起ものの句］はすでに剝がれ落ち、フワッと丸めて長机に置かれているが、片側の対聯はな

1　陰暦一二月二四日は竈の神が天に昇る日で、当日あるいは前日に祭って竈の神を送った。
2　「魯四《ルースー》」とは魯一族で同世代間における長幼の順である排行《はいこう》が四番目であることを意味する。「四叔《スーシュー》」の「叔」とは父よりも排行が下であることを、この後に登場する「四嬸《スーシェン》」とは「四叔」の妻を意味する。
3　隋唐～清末の最高学府だが、清代には寄付金を納めることにより国子監学生（原文は国子監生員）の名義を取得でき、国子監で学ぶ必要はなかった。
4　清末に立憲君主制への改革を主張した変法維新派のこと。
5　康有為《カンヨウウェイ》（一八五八～一九二七）は清末に立憲君主制などの体制改革を主張した変法維新派の指導者。
6　大晦日に一年の平安を神と先祖に感謝し、来年一年の幸運を祈願する最も重要な年中行事。

おも残っており、「事理通達心気和平」[7]と書かれている。僕は退屈で窓際の机に行き本を取ってみたが、端本《はほん》［一揃いのうち一部欠けた残りの本］の『康熙《こうき》字典』[8]が一山と、『近思録集注《しっちゅう》』[9]一冊に『四書襯《ししょしん》』[10]が一冊あるばかりなのだ。何が何でも、僕は明日には必ず出て行こう。

しかも、昨日出会った祥林嫂《シアンリンサオ》[11]のことを思うと、やはり呑気に居座る気にはなれない。それは午後のこと、僕は町の東はずれまで友人を訪ね、その帰り道、河辺で彼女に出会ったのであり、しかも彼女のカッと目を開いた視線を見れば、明らかに僕に向かって歩いていることが分かる。僕が今回魯鎮《ルーチェン》で会った人で、変化の大きさで、彼女に勝る者はいないだろう――五年前の白髪交じりの髪は、今では真っ白になっており、とても四十前後の人とは見えず、頬はげっそりこけて、黒ずんでおり、しかもかつての悲しげな表情は消え失せて、まるで木像のよう、ときおり動く目だけが、なおも彼女が生き物であることを示していた。彼女は片手に竹籠を提げ、その中には欠け茶碗が一個、それも空っぽで、別の手で自分より背の高い竹竿をついているが、その下端は割れており、彼女はすでに純然たる乞食になっていた。

僕は立ち止まり、彼女が小銭をねだるのだろうと待ちかまえた。

「お帰りかい」と彼女はまずこう訊ねた。

「そうです」

「これは好都合。あんたは本が読める、外にも出ている、物知りだ。ちょうど訊きたいことがあるんだよ――」彼女の生気のない目が急に輝いた。

彼女がこんなことを言い出すとは思いもよらず、僕は不審に思って立ち尽くした。

「それというのも――」彼女は二、三歩近寄ると、声を低くし、大事な秘密でも打ち明けるように囁いた。「人が死んでも、魂は残るのかい」

僕は恐くなり、彼女が僕の目を凝視するのを見ると、背中にとげを刺されたかのよ

7 朱子『論語集注《しっちゅう》』の言葉。「事理通達して心気和平、品節詳明にして徳性堅定なり」で、「物事の道理がよくわかり心はなごやかになり、品行節操が明らかになり徳行も確かなものになる」という意味。
8 清朝康熙帝《こうきてい》の命令で一七一六年に刊行された大型字典。
9 『近思録』は朱子らが宋の道学者たちの文章を編集したもので、清初に集注がつくられた。
10 清の駱培《らくばい》の書で、儒教の経典である『論語』『孟子』『大学』『中庸』の「四書」を解説したもの。
11 「祥林」は夫の名前、「嫂」は目上の人の妻を表し、「祥林嫂」で祥林の妻という意味。

う、学校で不意打ちの臨時試験を食らって、しかも脇に教師がわざわざ立っている時よりも、ひどくうろたえてしまった。魂の有無について、僕自身はこれまで気にかけたこともないというのに、まさにこんな時、いったい何と答えればよいのか。僕は一瞬迷いながら、考えた――この町の人は慣習に従い幽霊を信じている、ところが彼女は、疑っている、あるいは希望していると言うべきか、幽霊が残ることを希望すると共に、それが残らないことも希望している……。死の瀬戸際にある人の苦しみを増すべきではない、彼女のためにも、残ると言った方がいいだろう。

「たぶん残るのでは――と思う」僕はモグモグと答えた。

「それじゃあ、地獄もあるのかね」

「え！　地獄？」僕はひどく驚いてしまい、逃げるように言った。「地獄か――理屈から言えば、あるんだろう――しかしそうとも限らない……閻魔《えんま》様でもあるまいしそんなこと分かりゃしない……」

「それじゃあ、死んでしまった家族は、みんな会えるのかい」

「ええー、会えるか会えないかだって？……」この時の僕には自分もまったくの愚者であることが分かっており、いかなる躊躇《ちゅうちょ》も、いかなる計略も、この三つの問いに対抗できないのだ。僕はすぐに怖じ気づいて、前に言った言葉をすべて取り消したくなった。「それは……実のところ、僕もよく知らない……実は、つまるところ魂が残るかどうか、僕もよく知らない」

彼女がそれ以上続けて問おうとしない隙に、僕はそそくさとその場を離れ、慌てて四叔《スーシュー》の家に逃げ帰ったが、胸の内は落ち着かなかった。僕のこの答は彼女にとって危険ではなかったか――と自分でも考えていた。彼女はおそらく他人が祝福の祝いをしている時に、自らの寂しさを感じたのだろうが、そこに何か別の意味が含まれてはいなかったろうか――あるいはなにか悪い予感がしていたのではないか。もしも別の意味があったとして、そのために不吉なことが起きたとしたら、僕の答はまちがいなくある程度の責任を負わねばならない……。だがすぐに自分でも笑い出してしまったのは、偶然のことであり、本来特に深い意味はないのに、僕がこまごまと繰り返し考えるなんて、教育家から神経衰弱と言われても無理がないと思ったからで、ましてはっきり「よく知らない」と言って、回答全体を取り消しているのだから、たとえ何が起ころうとも、僕とはまったく無関係なのだ。「よく知らない」という言葉はたいへん有用な言葉である。世間知らずの勇敢な若者は、しばしば人のため進んで疑問を解こうとしたり、医者を選んでやったりするが、万が一結果がよくないと、大体はみなの恨みを買うことになるのだが、この「よく知らない」を結論としておけば、何事も自由自在にふるまえるのだ。僕はこの時、この言葉の必要性を感じ、たとえ乞食の女と話す時さえも、決して欠かせないと思った。

しかし僕はやはり不安で、一夜明けても、なおもしきりに思い出していたのは、なにか不吉な予感がしていたからのようで、暗い雪の日の、退屈な書斎で、この不安はいよいよ大きくなった。出て行くのがよい、明日には県城[12]に行こう。福興楼の鱶《ふか》ひれスープは、一元で大皿いっぱい、安くて良質だったが、今では値上げしたろうか。昔いっしょに遊んだ友達は、今では散り散りばらばらだが、鱶ひれだけは食べなくては、たとえ僕ひとりでも……。何が何でも、僕は明日には必ず出て行こう。

僕にはしばしば悪い予感が当たったり、そうはなるまいと思ったことが、逆に思ったとおりに起きてしまうことがしょっちゅうあるので、今回のことも同様ではないかとひどく恐れていたのだ。はたして、異様な事態が生じた。夕方、ついに奥の部屋に人々が集まって、何やら議論しているのが聞こえてきたところ、ほどなくして、話し声が止み、四叔《スーシュー》だけが歩きながら大声で言うのが聞こえた。

「間が悪いことに、よりによってこんな時に——これでできそこないということが分かったろう！」

僕がまず不思議に思い、続けてひどく不安になったのは、この言葉が僕に関係ありそうだからだった。ドアの外をのぞいてみたが、誰もいない。夕食前まで待ちに待っているとこの家の手伝いの男がお茶をいれに来たので、僕はようやく事情を聞くことができた。

「さっき、四《スー》旦那様は誰に怒っていたんだい」と僕は訊ねた。

「祥林嫂《シアンリンサオ》に決まってますよ」と手伝い男はずばりと答えた。

「祥林嫂《シアンリンサオ》？　どうかしたの」僕は急いで訊いた。

「ご不幸で」

「亡くなったのか」僕の心臓は突然縮み上がり、今にも飛び跳ねそうで、顔色も一変していたことだろう。だが男は終始頭《こうべ》を垂れているので、これにはまったく気づか

---

12　県政府の所在地。中国には全国に人口数十万規模の県が約二千あり、日本の郡に相当する行政単位。

ない。僕も気持ちを落ち着け、さらに質問した。

「いつ亡くなったの」

「いつかですって——昨日の夜、あるいは今日でしょうか——よく知りません」

「どうして亡くなったの」

「どうして亡くなったか——貧乏だからですよ」彼は淡々と答えると、相変わらず俯《うつむ》いたまま僕の顔を見ることもなく、出て行った。

しかし僕の驚きは一時のことにすぎず、来るべきことが来てしまったのであり、僕自身の「よく知らない」と男のいわゆる「貧乏だから」という言葉に慰めを求めずとも、気分はしだいに軽くなってきたが、それでもたまには、すこし気がとがめるようでもあった。夕食が並ぶと、四叔《スーシュー》が厳《いか》めしそうにお相手してくれた。僕は祥林嫂《シアンリンサオ》に関するニュースを訊いてみたいと思ったが、彼が「鬼神は二気の良能なり」[13]を読んでいるものの、ひどく縁起を担ぎ、祝福が目の前という時に、死や病気などの話題を持ち出すわけにもいかず、やむを得ぬ場合には、それに代わる隠語を用いるべきであることは分かっていたが、惜しむらくは僕はその言葉を知らず、このため何度も訊ねようと思ったが、最後は止めにした。僕は彼の厳しい顔つきからふと、彼が僕のことを、よりによってこんな時に邪魔しに来た、もう一人のできそこないと見ているのではないかと疑念がわいてきたので、すぐに明日には魯鎮《ルーチェン》を発ち、県城に行くと告げ、早めに彼の緊張をほぐしてやることにした。彼も特に引き留めはしなかった。こうして気まずい食事が終わった。

冬の日は短く、雪も降っており、暮色が早くも町中を覆っていた。人々は灯《あか》りの下で忙しく働いていたが、窓の外は静まりかえっていた。雪花は厚い根雪の上に積もり、耳を澄ませばサラサラと音がするかのよう、いっそうの静けさを感じさせる。僕は黄色い菜種油のランプの下でひとり座り、こう考えた——この天涯孤独の祥林嫂《シアンリンサオ》は、人々からゴミ溜めに捨てられたのだ、すっかり見飽きた古い玩具は、先ほどまではなおもゴミの中からその姿をのぞかせており、楽しく生きている人が見れば、おそらくなぜまだ生きつづけるのか怪しんだことだろうが、今ではともかく無常[14]によってきれ

13 『近思録』の言葉で、「鬼と神は陰と陽の二つの気が自ずから変化して生じたもの」という合理的な世界観を意味する。
14 死のこと、または冥土からの迎えの使者のこと。

いさっぱり片づけられてしまったのだ。魂の有無について、僕には分からないが、この世では、生きる気力のないものは生きず、見るのを厭がる者には見させないのだから、人のためわが身のためにも、死んだ方がよかろう。僕は静かに窓の外のサラサラと音を立てる雪花に耳を澄まして、こう考えるうちに、かえって次第に心地よくなってきた。

それでも以前見たり聞いたりした彼女半生の足跡の断片が、このとき一つに繋がったのだ。

彼女は魯鎮《ルーチェン》の人ではなかった。ある年の初冬、四叔《スーシュー》の家で手伝い女を替えようとしていたところに、斡旋《あっせん》業の衛《ウェイ》婆さんが彼女を連れてきたのであり、髪を白い紐で結わえ、[15]黒いスカートに、藍色の袷《あわせ》の上着、浅黄色の袖無しを着ており、歳は二十六、七で、顔は日焼けしていたが、赤い頬をしていた。衛《ウェイ》婆さんは彼女を祥林嫂《シアンリンサオ》と呼び、母の実家の隣人で、夫に死なれたので、外の仕事を探していると言った。四《スー》叔《シュー》が眉をひそめるのを、その妻の四嬸《スーシェン》は、寡婦であるために気に入らないのだと分かっていた。しかし見れば器量もよく、手足も大きく、しかも目つきはおとなしく、ひと言も口を利かず、分をわきまえた働き者のようすなので、四叔《スーシュー》が眉をひそめるのも構わず、使ってみることにした。見習い期間中は、彼女は一日中働きづめで、仕事がないと手持ちぶさたというようす、そのうえ力持ちで、まったく男並みの働き手なので、三日目には正式に雇うことになり、毎月の給料は五〇〇文となった。

みなは彼女を祥林嫂《シアンリンサオ》と呼び、姓は何かと訊ねることもなかったが、斡旋したのが衛家山《ウェイチアシャン》の者で、その隣人と言うからには、たぶん衛《ウェイ》という姓なのだろう。彼女はあまり話好きではなく、人が訊けば答えるものの、その答も短かった。十数日が過ぎてから、だんだんと分かってきたことは、家には厳しい姑がおり、義理の弟も一人いて、歳の頃は十代、柴刈りができるようになっており、彼女が夫を亡くしたのは春のことで、夫も生前は柴刈りで暮らしていて、彼女より十歳若かった——みなが知り得たのはこれだけである。

月日はあっという間に過ぎていったが、彼女の仕事ぶりは弛《たる》むことなどまったくなく、出されたものは何でも食べ、骨惜しみしなかった。人々はみな魯四旦那様《ルースー》の家で

---

15　服喪中であることを示す。

はよい手伝い女を雇ったもんだ、働き者の男よりも働き者だと言った。年末になると、煤払いから、床掃除、鶏をしめ、鵞鳥《がちょう》をさばき、夜通し福礼を煮ることまで、すべて一人で引き受け、何と臨時の手伝いを付けることもなかった。それでも彼女はかえって満足げで、口元にはしだいにかすかに笑みが浮かぶようになり、顔も白くふっくらとしてきた。

新年が過ぎて間もなく、彼女が河辺で米をといで帰ってくると、真っ青な顔をしており、向こう岸をうろつく男の姿を遠くに見かけた、夫の家の伯父によく似ている、自分を探しに来たのだろうと言う。四嬸《スーシエン》はひどく驚いて、詳しい事情を訊ねたが、祥林嫂《シアンリンサオ》は話そうとしない。四叔《スーシュー》はこれを知ると、眉をひそめて言った。

「それはまずい。おそらく彼女は逃げて来たのだろう」

確かに彼女は逃げて来たのであり、まもなく、この推測が実証された。

それから十数日後、みなが先日のことをほとんど忘れかけていた時、衛《ウェイ》婆さんが突然三十代の女を連れて来て、それは祥林嫂《シアンリンサオ》の姑だと言った。この女は山里の者のようだが、落ち着きはらった態度で、話も上手、時候の挨拶のあとに、お詫びして、自分がわざわざ来たのも嫁を家に呼び戻すため、春先の仕事が忙しいというのに、家には老人と子供しかおらず、人手が足りないものでと言った。

「お姑が嫁に戻って欲しいという以上、何も言うことはないな」と四叔《スーシュー》が言った。

そこで給与を精算すると、合計一七五〇文、彼女は全額を主人の家に預けており、一文たりとも使っておらず、全額が姑に渡された。姑は服も受け取ると、お礼を述べて、出て行った。その時はすでに正午になっていた。

「あら、お米は？　祥林嫂《シアンリンサオ》はお米をとぎに行ったんじゃなかったかい……」しばらくしてから、四嬸《スーシエン》がハッとして声を上げた。おそらくお腹が空いて、昼ご飯のことを思い出したのだろう。

そこでみなは手分けして米とぎ笊《ざる》を探した。四嬸《スーシエン》はまず台所に行き、それから広間へ、最後には寝室にも行ったが、笊は影も形も見あたらない。四叔《スーシュー》が門の外を探したが、それでも見つからず、河岸まで行ってみると、きちんと河岸に置かれており、そばには野菜一株もあった。

目撃者によると、河には午前中に一艘の白い苫舟《とまぶね》[16]が泊まったが、苫はすっかり閉め

16　苫は、菅・茅などで編んだ莚《むしろ》のようなもの。苫舟は、雨露をしのぐために、苫で上をかまぼこ形に覆った舟。

切っており、誰が中にいるのか分からなかったが、事件前には誰も舟のことを気に掛けなかった。祥林嫂《シアンリンサオ》が米とぎにやって来ると、膝をつこうとした瞬間、舟から突然飛び出した二人の男は、山里の者のようで、一人が彼女を抱きかかえ、一人が手伝って、船の中に引きずり込んだという。祥林嫂《シアンリンサオ》はなおも泣き叫んでいたが、その後静かになったのは、おそらく何かで口を塞がれたのだろう。続けて二人の女がやって来たが、一人は見かけない顔で、一人は衛《ウェイ》婆さんだった。船の中を覗いてみたところ、はっきり見えないものの、祥林嫂《シアンリンサオ》は縛られて舟板の上に寝かされていたようだ。

「けしからん。とは言え……」と四叔《スーシュー》が言った。

この日は四嬸《スーシエン》が自分で昼食を作り、息子の阿牛《アーニウ》[17]が火を焚いた。

昼食後、再び衛《ウェイ》婆さんがやって来た。

「けしからん」と四叔《スーシュー》が言った。

「あなたどういうつもりなの。よくもまた顔出しできたわね」四嬸《スーシエン》はお碗を洗いながら、顔を見るなりプンプン怒って言った。「自分で斡旋しておきながら、今度はグルになって人さらい、こんなめちゃくちゃやって、人様はなんて思うだろうね。あなたはうちの一家を笑いものにする気なの」

「あれあれ、あたしは本当に騙されたんだ。ただ今、こうして来たのも、特にきちんと説明するためなんです。あの女があたしに斡旋を頼んだ時、お姑を騙しているとは思いもよらなかったんで。申し訳ありません、四《スー》旦那様に、四《スー》奥様。あたしが老いぼれて注意しなかったもんで、お得意様に申し訳ないことをして。ありがたいことにお宅様はこれまでもとても寛大でいらして、私ども下々の者の粗相など相手になさらない。今度はあたしも必ずいいのを斡旋しまして罪を償いますので……」

「とは言え……」と四叔《スーシュー》が言った。

こうして祥林嫂《シアンリンサオ》の事件は落着し、まもなく忘れられた。

ただ四嬸《スーシエン》だけが、その後に雇った手伝い女が、怠けなければ大食いで、あるいは大食いにして怠け者で、どれも気に入らなかったので、なおも祥林嫂《シアンリンサオ》のことを話題

17 伝統中国では子供に本名を与えるのは六、七歳になった時で、それ以前は幼名を与えていた。幼名は身体の特徴、十二支、出生時の家庭状況などによって選ばれる。阿牛《アーニウ》という幼名は、父母による耕牛の飼育あるいは阿牛本人の丑年生まれなどの事情により選ばれた可能性が考えられよう。なお一八八九年が己丑、一九〇一年が辛丑の年である。

にした。毎年この時期になると、彼女はしばしば「あの女《ひと》は今はどうしているだろうね」と独り言のように言ったが、それはまた来てもらいたいという意味である。だが二度目の旧正月には、彼女もあきらめた。

旧正月が終わりかけた頃、年賀に来た衛《ウェイ》婆さんは、すでにほろ酔い機嫌で、自分から衛家山《ウェイチアシャン》に里帰りして、数日泊まってきたので、こちらに来るのが遅くなったと言った。女二人で話すうちに、話題は自然と祥林嫂《シアンリンサオ》に及んだ。

「あの女《ひと》ですか?」と衛《ウェイ》婆さんはうれしそうに話し出した。「今では運がめぐって来ました。お姑さんが連れ戻しに来た時には、とっくに賀家墺《ホーチアアオ》[18]の賀老六《ホーラオリウ》[19]の嫁にやることになっていたもんで、戻って数日せぬうちに、花轎《かご》に押し込んで担いで行ったんですよ」

「まあ、なんていうお姑さんなの!……」四嬸《スーシェン》は驚いて言った。

「まあ、奥様ったら! まったくご大家《たいけ》の奥様の言いそうなことで。うちら山里の者、貧乏人にとっちゃあ、そりゃ何でもないこと。あの女《ひと》には義理の弟がいる、それも嫁をもらわにゃならない。あの女を嫁に出せば、義弟の結納金が調達できるでしょうが。お姑は頭の回るやり手の女、計算高いんで、あの女を山奥に嫁がせたんだ。同じ村の者にやってしまえば、結納金は少なくなってしまうけど、山奥の村にまで嫁に行こうという女は少ないから、お姑さんは八〇貫も手に入れたんで。今では下の息子にも嫁を取ったが、結納金は五〇貫しか払わない、婚礼の費用を差し引いたって、まだ一〇貫以上は残るんだ。フン、まったく、どんなに計算高いかお分かりでしょう……」[20]

「祥林嫂《シアンリンサオ》は承知してたの？……」

「承知も何もありゃしない。——騒ぐのは誰でも騒ぐんで、縄で縛って、花轎《かご》に押し込み、男の家に担ぎ込み、花冠をおっかぶせ、天地の神さまを拝まさせ、寝屋《ねや》に閉じこめれば、かたがつくもの。ところが祥林嫂《シアンリンサオ》は例外、その時の騒ぎようったらとんでもないもんで、近所の連中は学者様のお宅で働いたもんだから、その他大勢とは違うんだと言ったとか。奥様、あたしらはいろいろ見てきたけども、寡婦の再婚となれば、泣きわめく者もいれば、死ぬのなんのと騒ぐのもいる、男の家に担ぎ込まれても

18　「墺」は山間の平地を意味し、「賀家墺《ホーチアアオ》」で賀一族の住む山間の平地、という意味になる。
19　一般的に賀家の六番目の息子または子供という意味。祥林嫂《シアンリンサオ》は賀老六《ホーラオリウ》と再婚後は、「老六《ラオリウ》嫂《サオ》」と呼ばれていたことであろう。
20　一貫は一〇〇〇文。住み込みで働く祥林嫂《シアンリンサオ》の月給が五〇〇文である。

暴れて天地の神さまを拝もうとせん者もいる、飾り蠟燭までひっくり返す者もいる。だけど祥林嫂《シアンリンサオ》は尋常じゃなく、轎《かご》の中では泣きわめき続けたもんで、賀家墺に着いた時には、喉がすっかりつぶれていたそうで。引きずり出して、男手二人と義理の弟とで力いっぱい押さえつけても神さまを拝まない。三人がちょっと気をゆるめ、手をゆるめたら、あらあら、南無阿弥陀仏《ナンマイダ》、あの女は頭から線香台にぶつかっていったもんだから、頭に大穴が開いてしまい、真っ赤な血がドクドク流れだし、線香の灰を手にふた掴みすり込んで、赤布二枚を巻き付けても血が止まらなかったとか。みんなが寄ってたかって婿といっしょに新婚部屋に閉じこめても、まだ喚いている始末で、あらあら、まったく……」と衛《ウェイ》婆さんは首を振って、目を伏せると、黙ってしまった。

「そのあとどうなったの？」四嬸《スーシエン》はさらに訊ねた。

「翌日になっても起きあがらなかったそうで」衛《ウェイ》婆さんは顔を上げて答えた。

「そのあとは？」

「そのあと？――起きました。あの女は年末になると子供を生みまして、男の子で、年が明けると二歳になったわけです。あたしが実家で数日過ごしたあいだに、賀家墺に行く者がおり、帰ってきて言うには親子二人に会ってきた、母親もふっくら、息子もふっくら、上には姑もいないし、夫は力持ちで、働き者、家も自分たちのものと。——あらあら、あの女は福運にめぐりあったことで」

その後は、四嬸《スーシェン》も二度と祥林嫂《シアンリンサオ》を話題にすることはなかった。

ところがある年の秋のこと、祥林嫂《シアンリンサオ》福運の報せを聞いてからさらに二度の正月を迎えた頃、彼女は再び四叔《スーシュー》の家の広間の前に立っていた。テーブルには南瓜《かぼちゃ》型の丸い籠が、軒下には小さな寝具の包みが置かれていた。彼女は今回も髪を白い紐で結わえ、黒いスカートに、藍色の袷の上着、浅黄色の袖無しを着ており、顔は日焼けしていたが、両頰の赤みは消え、目を伏せて、目尻には涙の跡が残り、目からは以前のような光は消えていた。しかもまたもや衛《ウェイ》婆さんが連れてきて、気の毒でならないというようすで、四嬸《スーシェン》に向かってくどくどと話し続けた。

「……これこそまさに『天に不測の風雲あり』で、この女の夫は丈夫だったというの

21 伝統中国では婚礼関係の衣裳や寝具などに赤い布を用いる。

に、あの若さでチフスにやられるとは、世の中わからんもんです。実はよくなったんですが、冷やご飯を食べたら、再発したんで。幸い息子がおり、この女も働き者なんで、柴刈りに茶摘みに養蚕となんでもできて、本当なら後家を通すこともできたんですが、なんとまあ息子が狼にくわえて行かれちまうとは世の中わからんもんです。春も終わりだというのに、村に狼が来るなんて、誰が知るもんかねえ。今じゃあこの女ひとりだけ残されちまいました。義兄がやってきて家を取り上げ、この女を追い出したんで。本当にどこにも行き所がなく、昔のご主人にお願いするしかありません。都合がよいのは今は何もめんどうは引きずっていないこと、奥様の家でもちょうど人を替えたがっていることだし、うちがこの女を連れてきたんです。——何と言っても、手慣れた者の方が、初めての者よりも、どれほどよいか……」

「あたしはバカでした、本当に」と祥林嫂《シアンリンサオ》がうつろな目を上げ、続けて話しはじめた。「あたしが知ってたのは雪の降る時期の獣は山で食べ物がなくなり、村まで来るということだけ、春でも来るとは知らなかった。あたしは明け方起きると戸を開け、小さな籠に豆を盛ると、うちの阿毛《アーマオ》[22]に戸口の敷居に座って豆剝《まめむ》きしなって言ったんです。あの子は聞き分けのよい子、あたしの言うことは何でも聞き、出て行ったんです。

あたしは裏で薪を割り、米をとぎ、鍋に入れて、豆を蒸そうとしたんです。あたしが阿毛《アーマオ》と呼んでも、返事がないんで、見に行くと、豆が地面に散らばっているだけ、うちの阿毛《アーマオ》がいないんです。あの子はよその家に遊びに行くような子でもなく、誰に聞いても、やっぱりいない。あたしは慌てて、みんなに探してと頼んだんです。昼過ぎには、探して探して山の中まで入ると、木の棘《とげ》にあの子のちいちゃな靴が掛かっていたんです。みんなが言うに、大変だ、狼にやられたかもって。もっと奥まで行くと、あの子はそのとおり草むらに倒れていて、お腹の内臓はみんな食われてしまったけど、手にはまだあの小さな籠をしっかり握っていたんです。……」彼女はその後は声が詰まってしまい、まともに話ができなかった。

四嬸《スーシエン》は最初は迷っていたが、祥林嫂《シアンリンサオ》自身の話を聞くと、目の縁が赤くなった。四《スー》嬸《シエン》はしばらく考えると、丸い籠と寝具の包みを手伝い女の部屋に運ぶようにと言っ

22　幼名。出生時の頭髪が多いあるいは少ないがために付けられたのであろう。「毛《マオ》」と「猫《マオ》」は同音であるため、「阿毛《アーマオ》」とは「阿猫」という意味であり、子供が「野鬼」に取り憑かれて殺されないように、故意に畜生の名を付けた、という説もある（丸尾常喜『魯迅――「人」「鬼」の葛藤』岩波書店）。

た。衛《ウェイ》婆さんが肩の重荷を下ろしたかのように、フーッと息をつき、祥林嫂《シアンリンサオ》は最初に来た時ほど緊張もせず、指図を待たずに、自分で手慣れたようすで、寝具を運んだ。彼女はこうして再び魯鎮《ルーチェン》で手伝い女となったのだ。

みなは相変わらず彼女を祥林嫂《シアンリンサオ》と呼んだ。

しかし今度は、彼女の境遇にはとても大きな変化が生じた。仕事始めの二、三日で、主人たちは彼女の動きが以前ほどテキパキとしておらず、物覚えもずっと悪く、死人のような顔には終日わずかな笑顔さえ浮かばないことに気づいており、四嬸《スーシェン》の口からもすでにあからさまな不満が出はじめていた。祥林嫂《シアンリンサオ》がやってきた当初、四叔《スーシュー》は例によって眉をひそめたが、これまで雇ってきた手伝い女の扱いにくさに懲りて、あまり反対はせず、四嬸《スーシェン》に秘かにこう注意した――こういう人は大いに憐れむべきところではあるが、良俗を破ったからには[23]、手伝いに使うのは構わんが、祭祀の時にはあの女に手を触れさせず、すべての料理は自分で作りなさい、さもないと、不浄となって、ご先祖様は召し上がらんぞ。

四叔《スーシュー》の家で最も大事な行事は祭祀であり、祥林嫂《シアンリンサオ》が以前最も忙しかったのも祭祀の時だったのだが、今度は彼女は暇を持て余した。テーブルを広間の中央に置き、卓布を掛けると、彼女は昔のように酒杯と箸を並べようとした。

「祥林嫂《シアンリンサオ》、さわらないで！　わたしがするから」四嬸《スーシエン》が慌てて言った。

祥林嫂《シアンリンサオ》はバツが悪そうに手を引っ込め、燭台を取りに行く。

「祥林嫂《シアンリンサオ》、さわらないで！　わたしがするから」

彼女は何周かすると、何もすることがなくなり、戸惑いながら退いた。この一日で彼女ができたことといえば竈《かまど》の前に座って火を焚くことぐらいだった。

町の人たちも相変わらず彼女を祥林嫂《シアンリンサオ》と呼んだが、その口調は以前と大いに異なっており、彼女と話はするものの、笑顔は冷たかった。彼女はそんな事情がまったくわからず、ひたすら目を据えて、みなに自分が片時も忘れられない物語を話すのだった。

「あたしはバカでした、本当に」と彼女は言う。「あたしが知ってたのは雪の日の獣

23　伝統中国では「夫に再娶の義有るも、婦に二適の文無し」（後漢の曹大家著『女誡』）と、男性の再婚は子孫を絶やさぬために倫理的に正しいと認められていたが、女性の再婚は倫理に背くとして、厳しく戒められていた。

は山奥で食べ物がなくなり、村まで来るということだけ、春でも来るとは知らなかった。あたしは夜明けに起きると戸を開け、小さな籠に豆を盛ると、うちの阿毛《アーマオ》に戸口の敷居に座って豆剝きしなって言ったんです。あの子は聞き分けのよい子、あたしの言うことは何でも聞き、出て行ったんです。あたしは裏で薪を割り、米をとぎ、鍋に入れて、豆を蒸そうとしたんです。あたしが、『阿毛《アーマオ》！』と呼んでも、返事がない。見に行くと、豆が地面に散らばっているだけ、うちの阿毛《アーマオ》がいないんです。誰に聞いても、どこにもいない。あたしは慌てて、みんなに探してと頼んだんです。昼過ぎには、何人かが山の中まで探しに入ると、木の棘《とげ》にあの子のちいちゃな靴が掛かっていたんです。みんなが言うに、しまった、狼にやられたかもって。もっと奥まで行くと、そのとおり、あの子は草むらに倒れていて、お腹の内臓はみんな食われてしまったけど、可哀想に手にはあの小さな籠をしっかり握っていたんです……」彼女はそこで涙を流し、声を詰まらせるのだ。

この話はたいへん効果があり、男たちはここまで聞くと、笑うのを止めてまじめな顔になり、憮然として立ち去り、女たちは彼女を許したらしく、顔つきもただちに軽蔑の色を改めたばかりでなく、そのうえたっぷりと涙まで流した。

路上で彼女の話を聞けなかった老女の中には、わざわざ訪ねてきて、この悲惨な物語を聞こうとする者たちもいた。彼女が声を詰まらせる段に至ると、老女たちも目尻に溜めていた涙を一斉に流し、ひとしきり溜め息をつくと、満足して帰って行き、帰路でも盛んに批評していた。

彼女は繰り返し人に向かって自分の悲惨な物語を話しただけだが、常に三、四人の者が引き寄せられて聞いていた。しかしまもなく、みなはすっかり聞き慣れてしまい、最も慈悲深くてお経を唱える老婦人たちでさえ、目にはもう一滴の涙の痕も見せなかった。のちには町中の人々がほとんど彼女の物語を暗記してしまい、ちょっと聞いただけで頭が痛くなるほど毛嫌いした。

「あたしはバカでした、本当に」と彼女が話し出す。

「そうだよ、あんたが知ってたのは雪の日の獣は山奥で食べ物がなくなり、村まで来るということだけだったんだ」彼らはすぐに彼女の話の出鼻を挫き、その場を離れるのだった。

彼女はポカンと口を開けて立ち尽くし、ジィーッと彼らを見ていたが、やがてそこを立ち去った——自分でも憮然としたようすで。だが彼女はなおも妄想し、小さな籠や、豆、よその人の子供など、ほかのことから自分の阿毛《アーマオ》の物語を引き出そうと工夫した。もし二、三歳の子供を見かけると、彼女はこう言うのだ。

「あらあら、うちの阿毛《アーマオ》がまだ生きていたら、こんなに大きくなっているんだ……」

子供は彼女の目を見て驚き、母親の服を引っ張り早く行こうとせき立てる。こうしてまたもや彼女ひとりが取り残され、ついには憮然として立ち去るのだ。やがてみなもこの癖を知り、子供が目の前にいさえすれば、笑いを堪《こら》え先手を打ってこう訊くのだ。

「祥林嫂《シアンリンサオ》、おたくの阿毛《アーマオ》がまだ生きていたら、こんなに大きくなっているんだろう?」

彼女は自分の悲しみがすでに人々により幾日もかけてさんざん味わいつくされ、とっくに残りかすだけになっており、毛嫌いされ唾棄《だき》されるだけのものにすぎないことをわかっていたわけではないが、人々の笑いの陰に、冷たく酷《むご》いものを感じ、自分はもはや口をきく必要が無くなった、と感じたようだった。彼女はちらっと彼らを見るだけで、ひと言も答えなかった。

魯鎮《ルーチェン》では毎年変わらず永遠に年越しをして、師走の二〇日すぎから忙しくなる。四叔《スーシュー》の家では、今度は男を臨時に雇ったが、それでも手が足りず、ほかに柳媽《リウマー》[24]にも、鶏をしめ、鵞鳥をさばく手伝いをさせたが、柳媽《リウマー》は仏の道を信じており、菜食主義で、殺生もせず、ただ皿洗いしかしなかった。祥林嫂《シアンリンサオ》には火の番のほか、することもなく、暇だったので、座って柳媽《リウマー》の洗い物を見ているばかりである。小雪がチラチラと降り出した。

「あらあら、あたしはバカだった」と祥林嫂《シアンリンサオ》は空を見ながら、溜め息をついて、独り言のように言った。

「祥林嫂《シアンリンサオ》、またかね」柳媽《リウマー》はうるさそうに彼女の顔を見ながら、こう言った。「あのねえ、あんたのこめかみの傷跡は、あのときにぶつけたものなんだろう?」

「ウン」彼女はあいまいに答えた。

「あのねえ、あの時どうしてあとで言いなりになっちまったんだい?」

「あたしが?……」

「あんたが。結局あんた自身が望んだことなんだろう、さもなきゃ……」

24 もう一人の手伝い女であろう。中国語では姓の後に「媽」をつけて、中年または老年の女性使用人を呼ぶ。

「ああ、あんたにはあの人がどんな力持ちか分からないんだよ」

「あたしは信じない。あんたほどの力があって、本当に男に抵抗できなかったなんて信じない。あんたはあとできっと自分から承知したんだ、それなのに男の大力《たいりき》にかこつけてるんだ」

「ああ、あんた……あんたも自分で試してみればいいよ」と彼女は笑った。

柳媽《リウマー》の皺の寄った顔も笑い出したので、クルミの実のようにクシャクシャになったが、干涸らびた小さな目は祥林嫂《シアンリンサオ》のこめかみをひと目見た後、再び祥林嫂《シアンリンサオ》の目に釘付けになった。祥林嫂《シアンリンサオ》はたいそう気詰まりに感じて、すぐに笑うのを止め、視線を転じて、雪花の方を見た。

「祥林嫂《シアンリンサオ》、あんたは本当につまらないことをした」柳媽《リウマー》は曰《い》わくありげに話しはじめた。「もっと抵抗するか、さもなきゃいっそ頭をぶつけて死んでしまう、そうすりゃよかったんだ。今となっては、あんたは二度目の夫とは二年も過ごさなかったというのに、大きな罪名を負うことになっちまった。それ、あんたが将来冥土に行ったら、あの二人の死んだ夫のあいだで取り合いが始まるよ、あんたはどっちについたらいいんだね。閻魔様は仕方がないからあんたを鋸《のこぎり》で真っ二つにして、二人に分けてやるしかない。考えてみても、これは本当に……」

祥林嫂《シアンリンサオ》の顔に恐怖の色が浮かんだのは、これは山の村では知らないことであるからだ。

「いいかね、早いとこ罪滅ぼしをした方がいい。土地神様の廟《びょう》に行って敷居を寄進し、あんたの身代わりにして、千人に踏まれ、万人に跨《また》がれれば、この世の罪は贖《あがな》われ、死んでからの苦しみを免れられるんだ」

彼女はこの時何とも答えなかったが、多分たいそう苦しんだのだろう、翌朝起きてきた時には、両目の回りには大きな隈ができていた。朝食後、彼女は町の西はずれの土地神様の廟まで行って敷居の寄進を申し出た。番人は最初は何を言っても許可してくれなかったが、彼女が焦って泣き出すと、ようやくしぶしぶ承知した。値段は大銭《おおぜに》一二貫だった。

彼女が長いこと人と口をきいていなかったのは、阿毛《アーマオ》の物語がとっくにみなに嫌われていたからだったが、柳媽《リウマー》とおしゃべりしてからは、すぐまた噂が広まったようで、多くの人が新たに興味を抱き、彼女をからかいに来るようになった。その話題といえば、もちろん新しいものに替わり、もっぱら彼女のこめかみの傷跡である。

「祥林嫂《シアンリンサオ》、あのねえ、あの時どうして言いなりになったんだい？」と一人が言う。

「ああ、残念、ここをぶつけたのも無駄だった」と一人が彼女の傷を見ながら、相槌を打つのだ。

彼女は彼らの笑い声の調子から、自分のことを嘲笑しているのだと分かったので、いつも目を見開くだけで、ひと言も口をきかず、のちには振り向きもしなくなった。

彼女は終日固く口をつぐんで、みなが恥辱の印と見なすあの傷跡をこめかみにつけて、黙々と走り使いをし、掃き掃除をし、野菜を洗い、米をといだ。そろそろ一年になるころ、彼女はようやく四嬸《スーシエン》の手からこれまで貯《たくわ》えてきた給与を受け取り、銀貨一二元に換えると、休みをもらって町の西はずれに行った。だが食事一回分の時間も経たないうちに、彼女は帰って来ると、晴れ晴れとしたようすで、目を輝かせ、うれしそうに四嬸《スーシエン》に向かって、自分はすでに土地神様に敷居を寄進した、と話すのだった。

冬至の先祖の祭りの時、彼女はいっそう仕事に精を出し、四嬸《スーシエン》が供え物を盛り、阿牛《アーニウ》とテーブルを広間中央に運ぶのを見ると、彼女は堂々と杯と箸を取りに向かった。

「さわらないで、祥林嫂《シアンリンサオ》！」四嬸《スーシエン》が慌てて大声を上げた。

彼女は炮烙《ほうらく》の刑[25]を受けたかのように手を引っこめると、同時に顔からは血の気が失せ、もはや燭台を取りに行こうとはせず、ただ茫然として立ち続けていた。四叔《スーシュー》が線香をあげる時となり、出て行くように言われて、彼女はようやく出て行った。今度の彼女の変化はとても大きく、翌日には、目は深く落ち窪み、気力もすっかり失せてしまった。しかもひどく臆病になり、暗い夜を恐れるだけでなく、黒い影まで恐がり、人に会う時も、それが自分の主人であっても、いつもオドオドしており、白昼に巣から出歩く小鼠のよう、さもなければぼんやりと座って、まるで木偶《でく》の坊のようだった。半年もしないうちに、髪も半分白くなり、物覚えがいっそう悪くなり、しばしば米とぎに行くことさえ忘れるまでになった。

「祥林嫂《シアンリンサオ》はどうしてこうなってしまったの？　あの時雇わなければよかった」時に四嬸《スーシェン》が本人の前でこう言ったのも、彼女に警告していたのだろう。

しかし彼女はいつもこんな具合で、元気になる希望はまったく見えなかった。彼らはそこで彼女に暇を出し、衛《ウェイ》婆さんのところに帰らせようと考えた。しかし僕がま

---

25　殷の紂《ちゅう》王が妃の妲己《だっき》を喜ばせようとして考案したといわれる刑罰。油を塗って炭火の上に置いた銅柱の上を歩かせるもの。「炮」は火に炙る、「烙」は熱した金属を当てるという意味。

だ魯鎮《ルーチエン》にいた頃は、そう言っているだけだったのだが、この現状を見ると、その後とうとう実行したのだろう。それにしても彼女は四叔《スーシュー》の家を出てから乞食になったのか、それともまず衛《ウェイ》婆さんの家に行ってから乞食になったのか。それは僕にはわからない。

僕が近所の大きな音の爆竹に驚いて目を覚ますと、豆粒ほどの黄色い灯火の光が見え、続けてパチパチと爆竹の音が聞こえてきたので、四叔《スーシュー》の家ではまさに「祝福」の時であり、五更の時刻が近づいたことがわかった。僕は意識朦朧としながら、連綿と続く遠くの爆竹のかすかな音も聞いていると、遠近《おちこち》の爆竹音が天を覆う音響の密雲となり、ヒラヒラと舞う雪花と混ざり合って、町全体を抱擁しているかのようだった。僕はこの賑やかな音の抱擁の中で、気怠《けだる》くそして心地良く、昼間から夕方まで続いた憂いは、すべて祝福ムードにより一掃され、天地の神々が生け贄と旨酒と線香の煙をたっぷりと召し上がり、みなほろ酔い気分で空中を千鳥足で歩きながら、魯鎮《ルーチエン》の人々に無限の幸福を与えんとしていると思うばかりであった。

一九二四年二月七日

# 酒楼にて

僕は北部から東南に向けて旅行し、回り道をして故郷を訪ね、そしてS市に着いた。この町は僕の故郷から一五キロしか離れておらず、小船に乗れば、二、三時間で着き、僕はこの町の学校で一年間教員をしたことがあった。真冬の降雪のあとで、風景は寒々としており、気怠《けだる》さと懐かしさとが結びつき、僕はしばらくS市の洛思《ルオスー》旅館に泊まることにした——この旅館は昔はなかったものだが。町の城壁内側は小さいのだが、会えると思っていた数人の昔の同僚を訪ねたところ、一人もおらず、とっくにどこかへと散り散りになっており、学校の門まで行ってみたが、名前もようすも変わっており、親しみがわかない。二時間も経たぬうちに、僕の興味はすっかり冷めてしまい、ここに来たのは余計なことだったとひどく後悔した。

僕が泊まっている旅館は部屋は貸すが食事は出さず、料理は外から取り寄せになるが、不味《まず》くて、口に入れると土を嚙むようだ。窓の外にはまだらに濡れた壁があるだけ、それには枯れた苔が貼り付いており、その上は鉛色の空、それが一面に広がりまったく生彩がなく、しかも小雪がまた舞いはじめた。僕はまともに昼飯を食べておらず、また暇のつぶしようもなかったので、自然と思い出したのが昔あった馴染みの小さな酒楼、その名を一石居《イーシーチュイ》と言い、旅館の近くのはずだ。そこで僕はすぐに部屋の戸に鍵を掛けると、通りに出てその酒楼に向かった。実のところ旅先でのしばしの暇つぶしであって、大いに飲もうというつもりではなかった。一石居《イーシーチュイ》はあったし、狭くて湿っぽい店先も破れかけた看板もすべて昔と同じだったが、番頭から給仕まで一人も馴染みの者はおらず、僕はこの一石居《イーシーチュイ》ではまったくの一見《いちげん》さんとなっていた。それでもやはりあの通い慣れた隅の階段を昇り、まっすぐ階上へと進んだ。二階も相変わらず小さな木のテーブルが五卓あり、元は木の格子だった奥の窓だけがガラス窓に変わっていた。

「紹興酒を一斤〔約三合〕——料理はね、揚げ豆腐を十《とお》、辛子味噌を多めに付けてね!」

僕は後から付いて来た給仕にこう言いながら、奥の窓に向かって進み、窓際のテーブル席に着いた。二階は「空空如《くうくうじょ》たり」[1]で、最上の席を好きに選べ、ここからは下の荒れた庭を見下ろせた。この庭はおそらく酒楼のものではないだろうが、僕は昔もしばしば眺めたもので、時には雪の日のこともあった。しかし北方に慣れた目で見ると、驚くに値し、数株の老梅が雪に抗して満開、真冬の寒さなど少しも意に介さぬようすで、崩れた東屋《あずまや》の近くには椿が一株有り、濃い緑の生い茂った葉の間からは十幾つもの赤い花が顔を出し、カッカと雪の中で明るく火のように燃えており、その怒りと傲慢さは、旅の呑気な回り道を軽蔑しているかのようだった。僕はこのときふとこう考えた——ここの潤いのある積もる雪は、物に着いたら離れずに、透明でキラキラ光り、北の雪のように乾いて、大風がひとたび吹くや、空一面に霧のように舞い上がったりはしない……

「お客さん、お酒……」

給仕が気怠い声で、杯、箸、徳利に碗と皿を置き、酒が来た。僕はテーブルに向き直り、きちんと器を並べると、酒をついだ。思えば北方はもとより僕の故郷ではない

1 『論語』の言葉で、「すっからかん」の意。

が、南に来たとて一人の旅人にすぎず、あちらの乾いた雪がどのように舞おうと、こちらの柔らかな雪がどのようにすがりつこうが、僕には何の関係もない。ちょっと切なかったが、たいそう気持ちよく酒を一口飲んだ。その味は生粋の紹興酒、揚げ豆腐もよく煮えていたが、惜しむらくは辛子味噌の薄味で、元々S市の人には辛味がわからないのだ。

おそらくまさに昼下がりのせいだろう、酒楼と言っても、まったく酒楼らしくなく、僕はすでに酒を三杯飲んでいたが、ほかの四つのテーブルは相変わらず空いたままだった。僕は荒れた庭を眺めながら、しだいに寂しくなったが、ほかの客には来て欲しくなかった。たまに階段から足音が聞こえると、つい多少の煩わしさを感じたが、それが給仕だと分かると、また安心するといった具合で、さらに二、三杯飲んだ。

今度は客に違いない、あの足音は給仕のよりもずっとゆっくりだから、と思った。ほぼ階段を昇りきったころを見計らって、僕はこわごわと顔を上げてこの招かれざる客を見ると同時に、びっくりして立ち上がってしまった。ここで意外な友人に出会うとは思いもよらなかったから——もしも今でも僕の友人と呼ぶのを彼が許してくれるなら。上がってきたのは紛れもなく昔の学友で、教員時代の同僚でもあり、顔つきは大いに変わっていたものの、ひと目で分かったが、ただ動作がひどく緩慢になっており、かつて敏捷で精悍だった呂緯甫《リュイウェイフー》とは似ても似つかない。

「あっ――緯甫《ウェイフー》、君だろう？　ここで会うとは驚いたな」

「ああ、君か？　僕も驚いたよ……」

僕がすぐに席を勧めたというのに、彼はすこしためらって、間を置いてから腰を下ろした。僕は最初は奇妙に思い、続けてやや悲しく思い、しかも不愉快だった。彼のようすをよく見ると、髪や髭は今もボサボサだが、青白い面長の顔は、やつれていた。沈んだ気分、というよりは意気消沈というようすで、黒々と濃い眉毛の下の目も精彩を失っていたが、彼がゆっくりと周囲を見渡す時、荒れた庭に向けて放った人を射るような輝きは学生時代に僕がよく見ていた目つきだった。

「僕たちが」と僕はうれしくなって、しかしひどく不自然な声を出した。「僕たちが別れてから、もう十年になるだろう。君が済南《チーナン》にいることは前から知っていたけど、あまりに怠け癖がついてしまって、ついに手紙の一本も書かずじまいで……」

「お互い様さ。しかし今は僕は太原《タイユアン》にいてね、もう二、三年になるが、母と一緒だ。僕が母を迎えに来た時、君がとっくに引っ越していたことを知ったんだ、きれいさっぱり引き払ったって」

「君は太原《タイユアン》で何をしてるんだい」と僕は訊ねた。

「家庭教師、同郷人の家の」

「その前は？」

「その前？」彼は服のポケットから煙草を一本取り出すと、火を点けて口にくわえ、吐き出した煙を見ながら、考えこむように言った。「どうせつまらんことをしてたんで、何もしてないのと同じ事さ」

彼も僕に別れた後のことを聞いてきたので、僕は彼に大雑把な説明をしながら、給仕を呼んでまず酒杯と箸を取りに行かせ、彼に先に僕の酒を飲んでもらい、それから二斤追加した。そのいっぽうで料理を注文したのだが、僕たちは昔は遠慮のえの字もない仲だったが、今では譲り合いをして、ついにどの料理を誰が注文したか分からぬまま、給仕の復唱によれば四種の料理を指定していた——茴香豆《ういきょうまめ》[2]、肉の煮こごり、揚げ豆腐、青魚の干物である。

「僕は戻って来るや、自分のことを可笑《おか》しいと思ったんだ」彼は片手に煙草を持ち、片手で酒杯を持ちながら、笑うとも笑わぬともなく話し出した。「少年時代に、蜂や蝿があるところに留まっていて、何かに驚くと、すぐに飛んで行くんだが、グルリとひと飛びすると、また元のところに戻ってくるのを見て、こいつは可笑しいし、哀れなもんだと思ったよ。ところが今になって僕も舞い戻ることになるとは思わなかった――グルリとひと回りしただけでね。そのうえ君まで戻ってくるとはね。君はもっと遠くまで飛べないのか」

「難問だね、おそらく同様にグルリとひと回りするだけだろう」僕も笑うとも笑わぬともなく言った。「それにしても君はなぜ舞い戻ってきたんだい?」

「それもつまらんことのためさ」彼はグイッと杯を干し、煙草をスパスパ吸うと、目を少し見開いた。「つまらんこと――ではあるけど君になら話してみるか」

給仕が追加の酒と料理を運んできて、テーブルいっぱいに並べたので、二階には再び煙と揚げ豆腐の熱気が加わり、賑やかになり、窓の外でもいよいよ大雪になってきた。

「君もたぶん知ってのとおり」と彼は続けた。「僕には弟がいたんだが、三歳で死ん

---

2　ソラマメを茴香と煮込んだもの。

でしまい、この土地に葬られた。僕は顔立ちもよく覚えていないんだが、母の話では、可愛い男の子でとても忘れられず、僕とも仲が良かったそうで、今でも弟の話になると泣き出しそうになるんだ。

今年の春、従兄から手紙が来て、弟の墓の辺りにしだいに水が押し寄せて、まもなく河の中に沈んでしまう、急いで手だてを考えなくては、と言うんだ。母はこれを知ってとても心配になり、幾晩も眠れないほどだった——母は自分で手紙を読めるんだ。でも僕に何ができると言うんだ。金もない、暇もない、その時にはどうしようもなかった」

「今まで我慢して、ようやく正月休みで暇ができたので、南に帰ってきて弟の墓を改葬しに来たんだ」彼はまたもやグイッと杯を干すと、窓の外を見て、こう言った。「北の方ではこんなふうにはいかないね。雪が積もっても花が咲き、雪の下の地面も凍りはしない。一昨日、僕は町で小さな棺桶を買い——それというのもあの地下のやつはとっくに腐っていると思ったからだ——綿と布団を持って、四人の作業員を雇い、田舎まで改葬に出かけたんだ。その時の僕はとても上機嫌で、墓を掘り返したい、僕のあの仲の良かった弟の骨を見てみたいと思っていた——こんな経験は生まれて初めてだったんだ。墓地に着くと、果たして、河はすぐそばまで迫っており、墓まで六〇センチと離れていなかった。可哀想に、お墓は二、三年も土盛りしていないものだから、ペチャンコになっている。僕は雪の中に立って、決然と墓を指さし作業員に『さあ掘るんだ!』と命じた。僕は実際には凡人なんだが、この時の自分の声が少し奇妙に感じた、この命令は僕の生涯で最も偉大な命令なんだと。ところが作業員はまったく驚くようすもなく、掘りはじめた。墓穴《はかあな》まで掘り進んだ時、僕が近づいて見てみると、果たして、棺桶はほとんど腐りかけており、木の繊維と小さな木のかけらがひと山残っているだけだった。僕の胸は高鳴り、自分でそれをどかすにも、注意深くしたのは、自分の弟が目の前にいるからだった。ところが何という意外! 布団も、服も、骨も何もないんだ。みんな消えてしまったけど、髪の毛は一番腐りにくいと聞いていたので、まだ残っているかも知れない、と僕は思った。僕は顔を近づけ、枕に当たるところの泥を念入りに見たんだが、やはりない。影も形もないんだ!」

僕はふと彼の目の回りが少し赤くなっているのに気づいたが、すぐにそれは酔いのせいだと思った。彼はあまり料理には手をつけず、酒ばかり飲み続け、すでに一斤以上も空けており、表情も仕草も、活気づき、しだいに昔の呂緯甫《リュイウェイフー》の姿に近づいていた。僕は給仕を呼んで酒をもう二斤頼むと、向き直り、自分も杯を取って、彼の顔を見ながら黙って耳を傾けた。

「実は、この墓はもはや改葬の必要もなく、土をならして、棺桶を売り払えば、それで済んだことなんだ。僕が棺桶を売るなんてちょっとおかしなことだが、値段を安くすれば、元の店が引き取るだろうから、少なくとも酒代くらいは取り戻せる。しかし僕はそうはせず、やはり布団を敷くと、綿で弟の身体のあったあたりの土をくるみ、その綿を包むと、新しい棺桶に入れ、父が埋まっている墓地へと運び、父の墓の側に埋めたんだ。外側を煉瓦で囲ったので、昨日は半日以上掛かりきりだった――工事監督でね。でもとにかくこれで一件落着、母を騙して、安心させるには十分だ。――やれやれ、君がそんな目つきをするのは、どうして今の僕がこんなに変わったのかと不思議に思っているんだろう。そうだ、僕だってみんなで城隍廟《じょうこうびょう》[3]に入って神像の鬚を引っこ抜いたことや、毎日いかに中国を改革するかと議論して殴り合いまでしたことを覚えているさ。だけど今の僕はこうなっちまった、どうでもいいし、いい加減さ。自分でも時々考えるんだ、もしも昔の友達が僕を見ても、友達とは認めてくれないだろうって――しかし今の僕はこうなっちまったんだ」

彼は再び煙草を一本取り出すと、口にくわえて、火を点けた。

「そんな顔をするとは、君はまだ僕に期待しているようだね――僕は今ではもちろんひどく鈍くなってしまったが、事によってはまだ感じることもできるんだ。ご期待には大いに感激するんだが、とても不安にもなる、今もなお好意を寄せてくれる旧友を結局は裏切るのではないかってね……」彼はふと話を止め、煙草をスパスパ吸ってから、再びゆっくりと話を続けた。「今日も、この一石居《イーシーチュイ》に来る前に、僕はつまらんことをしたんだが、それもやはり自分で望んでしたことなんだ。僕の昔の家の東隣りは、長富《チャンフー》という船頭だった。阿順《アーシュン》という娘がいて、君もあの頃家《うち》に来た時、見かけたことがあるかもしれないが、きっと覚えちゃいないだろう、まだ小さかったからね。その後美人になったわけでもなく、平凡な痩せた瓜実顔《うりざね》で、色艶も悪かったが、目だけは特別大きく、眉毛も長く、白目も晴れた夜空のよう、しかも北方の風のない日の晴天であって、こちらではあれほど澄み切ってはいない。彼女はしっかり者で、十幾つ

3　都市の城壁と濠の守り神「城隍」を祭祀するための社《やしろ》。長い鬚をもつ像が祀られることが多い。

かで母親を亡くしたが、弟と妹の面倒を一人でみていたし、父親の世話もあるというのに、なんでもきちんとこなして、しかも節約家、暮らしも次第に安定してきた。近所の者は誰もが彼女を誉め、長富《チャンフー》さえもありがたいとしばしば話していたほどだ。今度の僕の旅立ちに際しては、母が彼女のことをまた思い出してね、老人の思い出というのは実に長続きするものさ。そして言うには順《シュン》ちゃんは誰かが髪に挿していた赤い花簪《はなかんざし》を見て、自分でも欲しかったのに、手に入らず、夜中まで泣いて、泣き続けていたものだから、父親に殴られたことがあり、その後も二、三日目を泣きはらしていた。その種の花簪は省外のもので、S市でも買えないというのに、どうして欲しがったんだろう？　今度南に帰るついでに、二本買って行ってあげなさいと僕に言うんだ。

僕がこのお使いを面倒とは思わず、むしろ喜んで引き受けたのは、阿順《アーシュン》のためなら、実は僕も何かしてあげたいと思っていたからだ。一昨年《おととし》、僕が母を迎えに帰ってきた時、ある日、長富《チャンフー》がちょうど家にいて、なぜか僕は彼とおしゃべりをしたことがあった。すると彼は僕に軽食をご馳走したい、蕎麦がきだ、しかもこれにかけるのは白砂糖だと言うんだ。ねえ君、自宅に白砂糖のある船頭って言うのは、貧乏船頭なんかじゃないってことで、かなり食通なんだ。僕は勧められるままに、頂くことになったが、小さなお碗にして欲しいと頼んだ。彼もなかなか世慣れていて、阿順《アーシュン》に『学者様というのは、たくさんは食べないもの。お碗は小ぶりで、砂糖はたっぷり！』と言い付けた。ところが出来《でき》あがって運ばれてくると、やっぱりびっくりしたことに、大碗だったから、半日でも食べきれないほどだった。それでも長富《チャンフー》のお碗と比べると、僕のは確かに小ぶりだったが。僕はそれまで蕎麦がきは食べたことがなく、今回食べてみたが、とても食べられないんだが、異常に甘い。僕はお義理で二、三口食べて、それでやめようと思ったんだが、無意識に、ふと遠くの隅に立っている阿順《アーシュン》を見かけたもんだから、たちまち箸を置く勇気が失せてしまった。彼女の表情には、不安と希望とが入り交じっており、調理が下手だったのではと心配しながら、僕たちに美味しく食べて欲しいと多分思っていたんだろう。もし半分以上も残したら、きっと彼女はひどく失望し、とても済まないと思うことが僕には分かった。そこでパッと決心し、大口を開けて詰め込むことにしたんだ、早さも長富《チャンフー》と同じくらいの早さでね。僕にもこのとき初めて無理に食べることの苦しみが分かったよ、こんなに辛かった記憶といえば子供の頃に回虫駆除の粉薬を混ぜた黒砂糖をひと碗食べた時だけさ。だけど少しも恨んだりしなかったのは、彼女が空のお碗を片づけに来た時のうれしさを隠した笑みが、僕の苦しみを十二分に償ってくれたからさ。だからその夜は腹が張って寝付けなくても、悪夢の連続であっても、やはり彼女一生の幸せを祈り、彼女のためによい世の中になることを願ったんだ。しかしこんな気持ちも僕の例の古き時代の夢のかけらにすぎず、すぐに自嘲して、そのまま忘れてしまった。

以前の僕は彼女が花簪《はなかんざし》のために殴られたことなんか知らなかったけど、母がその話をしたので、蕎麦がきのことも思い出し、意外にもまめまめしく動き出したんだ。僕はまず太原《タイユアン》の町を探したが、どこにもなく、済南《チーナン》までやって来ると……」

窓の外でザーッと音がして、大雪でたわんでいた椿の枝からその雪が滑り落ち、枝がピンと伸びると、光沢のある厚い葉と血のように赤い花が露《あらわ》になった。空の鉛色はいっそう濃くなり、小鳥や雀がチュッチュと鳴いているのは、間もなく夕暮れとなり、地面もすっかり雪に覆われ、餌など見つからないので、早いとこ巣に帰って休もうというのだろう。

「済南《チーナン》までやって来ると」と彼は窓の外を見てから、向き直って杯を干し、再びスパスパとタバコを吸うと、続けた。「ようやく花簪が買えたんだ。彼女が殴られるほど欲しかったものと同じかどうかは分からないが、いずれにせよビロード製さ。僕には彼女の好みが濃い色か薄い色かも分からなかったので、真っ赤なのを一本、ピンクのを一本買って、この町まで持ってきたんだ。

そして今日の午後のこと、僕が食事を終えるや、すぐに長富《チャンフー》に会いに行ったのは、特にこのために滞在を一日延ばしていたからさ。彼の家はまだあったものの、ひどく暗いんだ、まあ僕がそう感じただけなのだろうが。彼の息子と下の娘──阿昭《アーチャオ》、二人が戸口に立っていて、大きくなっていた。阿昭《アーチャオ》はまったく姉さんには似てないで、まるで幽霊みたいだったが、僕が近づいて来るのを見ると、飛ぶように家の中に逃げ込んでしまった。僕は男の子にお父さんはいるかと訊ね、不在ということがわかった。『上のお姉さんは?』と言うと、彼は急に目を剝《む》いて、姉に何の用だとしつこく聞き、しかも今にも飛びかかって噛みつかんばかりの恐ろしい顔つきなんだ。僕がモグモグ言いながら退散したのは、今ではいい加減な人間だから……

意外だろうけど、僕は昔と比べて人に会いに行くのがずっと億劫《おっくう》になった。自分が嫌な奴だとよく分かっているし、自分でも厭がっているのに、わざわざ人に内心不愉快な思いをさせる必要はないだろう。ところが今回のお使いだけは、きっちりやらなくては、ということで考え直して、最後に筋向かいの薪《たきぎ》屋まで戻ったんだ。店主の母親が、老《ラオ》発《ファー》婆さん、それがまだ健在で、しかも僕のことを覚えていて、お店でちょっと休んで行きなさいと勧めてくれた。ひと通りの挨拶が済むと、僕はS市に戻ってきて長富《チャンフー》を訪ねた理由を話した。なんとお婆さんは溜め息をついてこう言うんだ。

『可哀想に順《シュン》ちゃんはこの簪《かんざし》を挿す幸せには恵まれなかったよ』

そして詳しい事情を話してくれた。『去年の春頃から、あの娘《こ》は瘦せて顔色も悪くなり、やがて急に泣き出すようになったんで、どうしたんだいと聞いても教えてくれず、時にはひと晩中泣き明かすこともあり、長富《チャンフー》も我慢できずに怒り出し、いい年をして、気でも狂ったかと怒鳴っていたっけ。ところが秋の初めになると、最初はちょっとした風邪だったのが、しまいには寝込んでしまい、起きあがれなくなってね。亡くなる二、三日前に、ようやく長富《チャンフー》に向かって言うには、あの娘《こ》はとっくに母親と同じで、しょっちゅう血を吐き寝汗をかいていたとのこと。それでも親に心配をかけまいと、隠していたんだよ。ある晩、あの娘《こ》の伯父の長庚《チャンコン》がまたもやしつこく金を借りにやって来た——これはよくあることなんで——あの娘が貸さないもんだから、長庚《チャンコン》がせせら笑ってこう言った――生意気な奴、おまえの許婚《いいなずけ》と来たら俺よりひどい奴だぜ！　あの娘はそれからというもの、ふさぎこんでしまい、恥ずかしくて、訊くこともできなくて、泣くばかり。長富《チャンフー》はすぐにあの娘の許婚がどれほど働き者かを話してやったけど、もう手遅れ。それにあの娘も信用せず、どうせじき死ぬんだから、男が良くても悪くてもどうでもいいの、という始末』

お婆さんは話を続けた。『もしもあの娘の許婚が本当に長庚《チャンコン》よりも悪かったら、本当に恐ろしいことさ！　コソ泥にも及ばないって言ったら、そりゃいったい何ですかい。だけどその男《ひと》が葬式に来た時、あたしはこの目で見ましたよ、着る物もこざっぱりして、風采も良くて、目に一杯涙を浮かべて言うには、人生の半分船を漕ぎ続け、懸命に倹約しお金を貯めて結納したというのに、運悪く死なれてしまった、って。その男は本当に善人で、長庚《チャンコン》の話は全部でたらめだったんだ。順《シュン》ちゃんがあんな盗人《ぬすっと》のでたらめを真に受けて、命を無駄にしたとは惜しいこと――ただこれも誰を恨むでもない、それが順《シュン》ちゃんの運命だったと恨むばかりで』

そういうことなら仕方がない、僕の用事も終わったわけだ。しかし持参の二本の花簪はどうしたものか。よし、お婆さんに預けて妹の方にあげよう。この阿昭《アーチャオ》は僕を見るなり逃げ出しており、僕のことを狼か何かと思っているんだろうから、花簪《はなかんざし》なんてやりたくないんだが——それでも彼女にくれてやったのは、母に阿順《アーシュン》が花簪を見てとても喜んでいたとさえ言えばそれで済むことだからさ。こんなつまらん事になんの意味がある？　いい加減なだけさ。いい加減に正月を過ごしたら、また『孔子様はおっしゃった』を教えに行くんだ」

「君が教えているのは『孔子様はおっしゃった』なのかい？」と僕は不思議に思い、訊ねた。

「もちろんさ。僕がＡＢＣを教えているとでも思ったのかい？　僕にはこれまで二人学生がいて、一人には『詩経』を教え、もう一人には『孟子』を教えてきた。最近もう一人増えて、女だから、『女児経』[4]を教えているんだ。数学さえも教えないのは、僕が教えないんじゃなくて、彼らが教わりたくないんだ」

「君がそんな本を教えているとはまったく思いもよらなかった……」

「彼らの親爺がこんな本を読ませたいわけで、僕は他人だし、可もなく不可もなしってわけだ。こんなつまらん事になんの意味がある？　適当にやるだけさ……」

彼はすでに顔中真っ赤になっており、ひどく酔っていたようだが、目の光りも再び消えていた。僕はかすかに溜め息をついて、しばらくは口にすべき言葉もなかった。階段をドカドカと鳴らして、数人の客が上がって来ると、先頭はチビで、デブデブの丸顔をしており、二番目はノッポで、顔にはよく目立つ赤鼻が突き出ており、その後ろにもまだ人がいて、ゾロゾロと登ってくるので小さな酒楼がグラグラ揺れていた。僕が呂緯甫《リュイウェイフー》に視線を戻すと、彼もちょうど僕に視線を戻したところだったので、僕は給仕を呼んで勘定を頼んだ。

「それで君は暮らしていけるのかい？」僕は帰り支度をしながら、訊ねた。

「うん——毎月二〇元の収入で、あまり楽ではないけどね」

「それで、今後はどうするんだい？」

「今後？——わからん。ねえ僕たちがあのころ予想したことで一つでも願いどおりになったことがあるかい？　僕は今は何もわからん、明日もどうなるかもわからん、一分後だって……」

給仕が勘定書を持ってきて、僕に渡したが、彼からは当初の遠慮は消えており、僕

4　儒教道徳を教える婦女子向けの通俗読み物で、明代の趙南星《ちょうなんせい》の注刻本が広く流布した。

の方をチラッと見ただけで、煙草を吸いながら、僕が勘定を払うに任せていた。

僕たちは一緒に店を出たが、彼の旅館は僕のとは正反対の方向なので、店の外で別れた。僕が一人で自分の旅館に向かって歩いていくと、寒風と雪花が顔に当たり、気分爽快だった。どうやら空はすでに夕暮れて、家と通りとともにすべて降りしきる雪の純白にして揺れ続ける網の中に織り込まれていた。

一九二四年二月一六日

# 石鹼

　四銘《スーミン》[1]夫人が北の窓を背にして斜めの日ざしの中で八つの娘の秀児《シウアル》と紙銭《しせん》[2]の糊付け作業をしていると、急に重くて緩やかな布靴《ぬのぐつ》の音が聞こえたので、夫の四銘《スーミン》が入って来ると分かったものの、振り向きもせず、紙銭の糊付けを続けていた。だがその布靴の音がしだいに近づき、ついに彼女のそばで止まったような気がしたので、仕方なく振り向くと、四銘《スーミン》が前に立って肩をすぼめ背を丸め必死で木綿の馬褂《マークワ》[3]の下に着ている袷《あわせ》の長衣の内ポケットを探っている。

　彼がやっとのことでクネクネ腕を動かし手を抜き出すと、手には小さな長方形のものを握っており、この濃緑《こみどり》の包みを突き出して、夫人に渡した。彼女が受け取るや、オリーブのようでオリーブではないえも言われぬ良い香りがして、濃緑の包み紙には金色に輝くマークと細かい模様がびっしりと印刷されている。秀児《シウアル》が飛んできてこれを取って見てみようとしたので、四銘《スーミン》夫人は大急ぎで押しのけた。

「町へ行ったの？……」彼女は包みを見ながら、こう訊ねた。

「ウンウン」と彼は妻の手の中の紙包みを見ながら、こう答えた。

こうしてこの濃緑の包みが開かれると、中にはもう一枚のとても薄い紙があり、それも濃緑、この薄紙を開くと、ようやくその本体が現れ、ツルッとして固く、やはり濃緑、表面には細かい模様が描かれており、薄紙は実はベージュで、オリーブのようでオリーブではないえも言われぬ良い香りもいっそう濃くなった。

「あらあら、これは本当にいい石鹼」彼女は子供でも抱えるかのように両手でこの濃緑の物を鼻に近づけると、匂いをかぎながら言った。

「ウンウン、これからはこれを使うといい……」

彼女は夫が口ではこう言いながら、その目は彼女の首筋を見つめているのに気づき、頬骨から下が少し熱くなるのを感じた。彼女は時に自分でも何気なく首筋を触ると、特に耳の後ろが、指先にザラザラと当たるのが感じられるので、とっくに長い間の垢がたまっているとは承知していたが、これまで大して気にしなかった。ところが今や夫に見つめられながら、この濃緑の香り高い舶来品を手にしていると、思わず顔が火照ってきたばかりでなく、その熱はどんどん広がって、即座に耳の付け根に達した。

そこで夕御飯のあとにはこの石鹸で念入りに洗おうと彼女は決めたのだ。

「場所によっては、サイカチの実ではきれいに洗えないの」と彼女は独り言のように言った。

「お母さん、これちょうだい！」秀児《シウアル》が手を出して濃緑の紙を取ろうとしたので、外で遊んでいた妹の招児《チャオアル》も駆け寄って来る。四銘《スーミン》夫人は慌てて二人を押しのけ、きれいに薄紙で包み、さらに元どおりに濃緑の紙で包み直し、立ち上がって洗面台の格子棚の最上段に置き、ちらりと見て、それから元に戻って紙銭の糊付けを始めた。

「学程《シュエチョン》！」四銘《スーミン》は用事を思い出したらしく、急に大声で叫ぶと、妻の前の背の高い椅子に腰掛けた。

「学程《シュエチョン》！」彼女も加勢して叫んだ。

彼女は紙銭の糊付けを止めて、聞き耳を立てたが、何の応答もなく、夫が頭を上げ

1　四銘《スーミン》の「四」の字は、おそらく同世代間における長幼の順である排行《はいこう》が四番目であることを意味する。
2　死者や幽霊、神を祭るときに焼く金箔を張った紙。
3　長衣の上に着る短くゆったりとした上着。

イライラして待っているのを見て、思わず気の毒になり、あらん限りの声を張り上げ、甲高い声で叫んだ。

「絟児《チュアンアル》［学程《シュエチョン》の幼名］！」

このひと声は確かに効果があり、すぐにタッタッと革靴の足音がやってくるのが聞こえ、まもなく彼女の前に現れた絟児《チュアンアル》は、長衣を脱いでおり、太った丸顔にキラキラと光る汗を流している。

「何をしてたの？　お父さんが呼んでいるのに聞こえないの？」彼女はこう叱った。

「今は八卦拳《はっかけん》［拳術の一種］の稽古をしてたので……」彼がただちに四銘《スーミン》の方を向き、ピンッと真っ直ぐに立って、父を見ていたのは、何事でしょうかという意味である。

「学程《シュエチョン》、聞きたいことがある、『オートーフー』って何だ？」

「『悪毒婦《オートーフー》』……それは、『とても悪い女』では？……」

「バカな！　ふざけるな！」四銘《スーミン》が発作的に怒り出した。「わしが『女』か⁉」

学程《シュエチョン》は驚いて二、三歩退き、いっそうピンッと立った。彼は時々父の歩き方が京劇の老役《ふけやく》みたいだと思いはしたが、父のことを女みたいだと思ったことはないので、自分でも見当違いな答えだなと思った。

「『悪毒婦』が『とても悪い女』であることは、わしにも分かっておる、何でおまえに教えを請うものか――これは中国語ではなく、毛唐の言葉なんだ、いいか。これは何という意味だ、分かるか？」

「ぼ、……僕には分かりません」学程《シュエチョン》はさらに焦ってしまった。

「エエイ、おまえを学堂に入れたのは金の無駄、こんなことも分からんとはな。おまえの学堂は『オーラルメソッド』などと自慢しておるが、何も教えとらん。この毛唐語を話した者はせいぜい十四、五歳、おまえよりも小さいんだが、ペラペラに話せたというに、おまえは意味も分からんとは、よくも『分かりません』などとぬかしおって――今すぐ調べてこい！」

学程《シュエチョン》は喉の奥からひとこと「ハイ」と返事をすると、畏《かしこ》まって退出した。

「まったくなっとらん」しばらくして、四銘《スーミン》が憤慨して言った。「今どきの学生ときたらな。実は、光緒年間[4]にわしこそ真っ先に学堂の開設を提唱した人間なんだが、ま

4 一八七五～一九〇八年。一八九八年の戊戌維新に際し、清朝は欧米・日本に学んで近代教育制度を整え、学堂（近代欧米式学校）を開設した。

さか学堂の弊害がこれほど大きくなるとは思いもよらなかった——解放だの、自由だのと言って、実学はやらず、騒いでばかりだ。学程《シュエチョン》にしても、大金をかけてきたというのに、まったくの無駄だ。やっとのことで中西折衷[5]の学堂に入れて、英語も専ら『オーラルメソッド』だというんで、これでいいかと思いきや、フン、一年勉強しても、『オートーフー』も分からんとは、さしずめ相も変わらず役立たずの本を読んでいるんだろう。エエイ、学堂なんぞ、何の役にも立ちはせん。はっきり言って、すべて廃校だ！」

「そうですよ、すべて廃校にしたらいいのよ」四銘《スーミン》夫人は紙銭の糊付けをしながら、賛同して言った。

「秀児《シウアル》たちも学堂などに行くことはない。『女の子が、何の勉強じゃ』と九爺《チウ》さま[6]が昔こう言って、女子教育に反対した時、わしは彼を攻撃したもんだが、今考えてみると、結局は老人の言うとおりだ。なあ、女が群れをなして街を歩いているだけで、ひどく見苦しいというのに、奴らは髪さえ切ってしまおうと言うのだ。わしが最も憎むのはあの髪を切った女生徒たちで、はっきり言って、軍人土匪《どひ》［その土地の武装匪徒］はまだ許せても、天下を乱すのは奴らで、手厳しくやっつけるべきなんで……」

「そうですよ、男がみなお坊さんのようになったんじゃ足りなくて、女も尼さんの真似をしてるんです」

「学程《シュエチョン》！」

そこへ学程《シュエチョン》が一冊の小さくて分厚い天金の本を両手で持ち早足で入ってくると、四銘《スーミン》に差し出して、ある箇所を指差した。

「これが似ているようです。この……」

四銘《スーミン》は受け取ってから、それが辞書であることは分かったが、字はとても小さく、しかも横書きだった。彼は眉をひそめ、本を窓に向けて持ち上げ、目を細めると、学程《シュエチョン》が指した一行を読み出した。

「『一八世紀創立の共済組合』[7]——ウーン、違う。——これは何と発音するんだ」彼

---

5　中国と西洋の両方の文化を取り入れるという意味。

6　九爺《チウ》の「九」の字は、おそらく同世代間における長幼の順である排行《はいこう》が九番目であることを意味する。

7　秘密共済組合のOddfellowsのこと。

は目の前の「毛唐」文字を指して、訊ねた。

「オッドフェローズ（Oddfellows）」

「違う、違う、それではない」四銘《スーミン》は再び急に怒り出した。「いいか、それは悪口なんだ、人を罵倒する言葉、わしのような人間を罵倒するものなんだ。分かったか。調べてこい！」

学程《シュエチョン》はチラチラと彼を見て、動こうとしない。

「これは何かのなぞなぞなんですか、わけがわからない。あなたもまずよく説明してあげて、この子がちゃんと調べられるようにしてあげないと」夫人は学程《シュエチョン》が困っているようすを見て、可哀想に思い、取りなすようにそして不満げに言った。

「つまりわしが大通りの広潤祥《クワンルンシアン》で石鹼を買った時のこと」四銘《スーミン》はフーッと息を吐くと、彼女の方を向き、こう続けた。「店にはほかに三人学生がいてそこで買い物をしていたんだ。わしはな、彼らから見れば、たしかにちょっとしつこいのかもしれないが。わしはザッと七種類ほど見せてもらったんだが、どれも四〇銭以上なんで、買わないことにして、一つ一〇銭のを見つけたんだが、モノが悪くて、何の香りもしない。真ん中くらいのがいいだろう、と思ってあの緑のを選んだところ、二四銭だ。店員というのは元々金《かね》の亡者《もうじゃ》で、目を吊り上げて、とっくに口を尖らしているところに、生意気にも学生の悪ガキ共が眉をひそめて目配せしながら毛唐語を話して笑っている。さらに、わしが包みを開いて中身を見てから勘定をしたいと思ったのは、高級紙に包まれていたら、品物の善《よ》し悪《あ》しなんか分からないからね。ところが例の金の亡者ときたら承知しないばかりか、横着で理屈が分からず、つまらぬ話をさんざんするものだから、悪ガキ共がまたもや加勢して笑うんだ。例の言葉は一番の若僧が、しかもはっきりわしを見ながら言っており、奴等がみな笑い出したからには、きっと悪口に違いない」

彼はそこで学程《シュエチョン》の方を振り向くとこう言った。「おまえは『悪口の部類』だけ見ればいいんだ!」

学程《シュエチョン》は喉の奥から「はい」と答えると、恭《うやうや》しく引き下がった。

「奴等は『新文化新文化』なんて騒いでいるけど、こんな『文化』になっちまっても、まだ足りんのか」四銘《スーミン》は天井を見つめたまま、独り言を続けた。「学生からも道徳が消え、社会からも道徳が消えてしまったからには、なんとかまたやり方を考えて救わなくっちゃ、中国は今度こそ本当に滅亡だ。——まったく、嘆かわしいことと思わんか?……」

「何のこと?」と妻は適当に返事をしたが、別にびっくりしていたわけではなかった。

「孝行娘のことだ」彼は彼女の方を見て、重々しく言った。「つまり大通りに、二人の乞食がいたんだ。一人は娘さんで、見たところ十八か十九に違いない――実はそんな歳で、乞食をするとはいいことではないんだが、それでも彼女は乞食をしている――それが六十か七十の、白髪で、目が見えない老婆と、呉服屋の軒下に座って物乞いをしてるんだ。みんなが彼女は孝行娘で、その老婆は祖母だという。彼女は何かもらうと、すぐに祖母に食べさせており、自分は空腹を我慢している。さてこんな孝行娘に、お布施をやる者がいるだろうか」彼は妻に視線をじっと注いで、彼女の見識を試すかのようだった。

彼女は何も答えず、やはり夫に視線をじっと注いで、逆に彼の説明を待つかのようだった。

「フン、いないんだよ」彼がついに自分で答えた。「わしは長いあいだ見ていたが、一人が小銭一文をやっただけで、他の者はグルリと取り囲んで、からかっているんだ。ごろつきも二人いて、言いたい放題さ――『おい阿発《アーファー》、こいつが汚いってバカにするなよ。石鹼の二個も買ってきて、キュキュッと身体中を洗ってみろよ、なかなか美人になるぜ』なんてね。ねえ、これはまったく、ひどい話だろう」

「フン」彼女は俯《うつむ》くと、しばらくしてから、沈んだ声で訊ねた。「あなたはお金をあげたの？」

「わしかね？――いいや。一銭や二銭じゃ、みっともなくてやれないよ。彼女は普通の乞食じゃないんで、どうしたって……」

「フーン」彼女は話が終わるのを待たず、ゆっくり立ち上がると、台所へと向かった。

宵闇が濃くなっており、すでに夕食の時間なのだ。

四銘《スーミン》も立ち上がると、中庭に出た。空は家の中よりも明るく、学程《シュエチョン》が塀の角で八卦拳の稽古をしているのは、四銘《スーミン》の「庭訓《ていきん》」8にして、昼夜の境の時間を利用する経済的方法で、学程《シュエチョン》がこれを実行して半年以上になる。四銘《スーミン》はよしよしとばかりに軽くうなずくと、両手を背中で組んでガランとした庭を大股で行ったり来たりした。まもなくただ一つの盆栽である万年青《おもと》の広い葉も闇の中に消え、ボロ綿のような白雲の中

8　父の息子に対する教え。庭を走って通り過ぎる息子の鯉《り》に、孔子が詩と礼を学ぶ必要を教えた、という故事に基づく。（『論語』「季氏」篇）

から星が瞬き、こうして暗い夜の始まりとなった。四銘《スーミン》はこの時、ふと興奮してきて、大いにやるべし、周りの不良学生および社会に対し宣戦すべしと思ったようすである。彼はしだいに激情にかられて、いよいよ大股となり、靴の音もいよいよ高くなったので、とっくに早寝していた籠の中の雌鶏《めんどり》とひよこが驚いて目を覚ましチーチーツーツーと鳴き出した。

広間に灯がともると、これが夕食に集まれという烽火《のろし》であり、一家全員が中央のテーブルの周りに集まった。灯は下手《しもて》にあり、上手《かみて》には四銘《スーミン》一人がデンと座り、やはり学程《シュエチョン》と同じ太った丸顔をしているが、八の字の細い髭がおまけであり、野菜スープの熱気の中、一人でテーブルの一辺を占めているので、神社の福の神にそっくりだった。その左手には四銘《スーミン》夫人が招児《チャオアル》を連れて座り、右手には学程《シュエチョン》と秀児《シウアル》が並んでいる。お碗や箸の音が雨音のように響き、だれもが黙っているが、やっぱりたいそう賑やかな夕食だ。

招児《チャオアル》が何かのはずみで茶碗をひっくり返したので、こぼれたスープがテーブル半分近くに広がった。四銘《スーミン》は細い目をできるだけ大きく見開いて招児《チャオアル》が泣きそうになるまで睨んでから、その目つきを止めると、箸を伸ばして先ほどから目をつけていた白菜の芯をつまもうとした。ところが芯はすでに消えており、彼が左右を見渡すと、学程《シュエチョン》がちょうどこれを摘んで大口を開けた中に詰め込もうとしているのを発見したので、彼は仕方なくつまらなそうに黄色い葉っぱを食べた。

「学程《シュエチョン》」と彼は息子の顔を見ながら、「例の言葉は調べがついたか」と訊ねた。

「例の言葉？――それはまだです」

「フン、それ見ろ、学もなく、道理も分からず、分かっているのは食うことだけ！　例の孝行娘を見習うがいい、乞食になっても、お祖母《ばあ》さん孝行一筋で、自分は空腹を我慢しているんだ。それなのにおまえたち学生どもはこんなことも分からず、やりたい放題、今に例のごろつきみたいに……」

「一つ考えついてはいるんですが、あっているかどうか――学生たちが言ったのは『阿爾特膚爾《オールドフール》（年寄りの愚か者）』じゃなかったですか」

「おお、そうだ！　そのとおりだ！　奴らが言ったのは、『悪毒夫咧《オートゥーフーリエ》』そんな発音だった、それはどんな意味なんだ。おまえも奴らの仲間なんだから、知っているだろう」

「その意味は――意味はよく分かりません」

「バカな！　ごまかすな。おまえたちみんな悪者だ！」

「『雷さまも飯食う人は打たぬ』って言うのに、あなたは今日は怒ってばかりでどうかしてる、食事の時にも当たり散らして。子供たちに何が分かるって言うの」四銘《スーミン》夫人が突然口をはさんだ。

「何？」四銘《スーミン》は怒鳴りつけるところだったが、振り返ると、妻の落ち込んだ両頰が膨れあがり、顔色もすっかり変わって、三角の恐ろしい目つきをしているのが見えたので、慌てて口調を改めて答えた。「わしは何も怒っちゃいない、ただ学程《シュエチョン》に物事を弁《わきま》えよと教えているだけさ」

「この子にあなたの胸の内なんて分かるわけないでしょう」彼女はいっそう憤慨していた。「この子が物事を弁えていたなら、とっくに提灯や松明《たいまつ》に火をともし、例の孝行娘を探しに行ったでしょ。巧い具合にその娘《こ》のために石鹼を一つ買ってあるんだから、もう一つ買ってきて……」

「バカな！　それは例のごろつきが言った話だ」

「どうかしら。もう一つ買ってきて、キュキュッと彼女の身体を洗って、拝んであげたら、天下太平になるわよ」

「何の話だ？　それは何の関係もないだろう？　わしは君に石鹸がないことを思い出したんで……」

「何が関係ないのよ。あなたがわざわざ孝行娘に買ってあげたんだから、キュキュッと洗ってやりなさいよ。私にはもったいないから、いらないわ、孝行娘のおこぼれなんかいらないわよ」

「これはまったく何の話だ？　女っていうのは……」四銘《スーミン》は言葉を濁して、顔に八卦拳の稽古をした学程《シュエチョン》のように脂汗を流していたが、それはおおかた熱いご飯を食べたからだろう。

「女がどうしたって言うの？　わたしたち女はね、あなたたち男より、ずっとましよ。男たちときたら十八、九の女学生を罵倒しなけりゃ、十八、九の女乞食を称讃する、どちらもろくな考えじゃあない。『キュキュッ』だなんて、恥知らずもいいとこよ！」

「もう言っただろう？　それはごろつきの……」

「四銘《スーミン》君！」外の暗闇からよく響く声が突然上がった。

「道統《タオトン》君ですか？　今行きます！」四銘《スーミン》はそれが大声で有名な何道統《ホータオトン》だと分かり、大赦にあったかのように、彼もうれしそうに大声で答えた。「学程《シュエチョン》、早く灯を点けて何《ホー》伯父さんを書斎にご案内しなさい」

学程《シュエチョン》が蠟燭に火をともし、道統《タオトン》を西側の別棟に案内したところ、彼の後ろには卜《プー》薇園《ウェイユアン》も付いてきていた。

「お迎えもしませんで、失礼しました」四銘《スーミン》はなおもムシャムシャご飯を噛みながら出て来ると、拱手《きょうしゅ》[9]をして言った。「拙家《せっか》では粗飯の最中でして、よろしかったらご一緒に……」

「もう済ませました」薇園《ウェイユアン》が進み出て、同じく拱手の礼をした。「私どもが夜中にお邪魔しましたのも、例の移風文社[10]第一八回の原稿募集の題目のためなのでして、明日は『七の日』ではないですか」

「おお！　すると今日は一六日で？」四銘《スーミン》がハッと気づいて言った。

「ほら、何と迂闊なことで！」と道統《タオトン》が大声で言った。

「それでは、今夜のうちに新聞社に届け、明日には必ず載せてもらわなくては」

「文題は私がすでに考えております。いかがでしょう、使えるかどうか？」道統《タオトン》はそう言いながら、ハンカチの包みから一枚の紙を取り出すと、四銘《スーミン》に渡した。

四銘《スーミン》は大股で燭台の前に進むと、紙を開いて、一字一字読み上げた。

「『恭しく全国人民は詞《ことば》を合わせて大総統閣下の特に明令を頒布《はんぷ》して専ら聖経を重んじ孟母を崇祀《すうし》し以《もっ》て頽風を挽回し而《しこう》して国粋を保存せられんことを嘆願するの文を擬す』[11]——大変結構。ただし字数が多すぎやしませんか?」

「だいじょうぶ!」と道統《タオトン》が大声で答えた。「私が計算したところ、広告費追加の必要はありません。だが詩題の方は?」

「詩題ですか」と四銘《スーミン》は急にもったいぶってみせた。「私が一つここに用意してあり

9 右手の拳に左手の平を添えて胸の前で揺らす礼法。

10 「移風」は社会の風紀を良くする、「文社」は文章を切磋琢磨するために文人が結成する団体、という意味。

11 当時の中華民国北洋軍閥政府の大総統は、北洋軍閥直隷派の将軍曹錕《ツァオクン》(在一九二三年一〇月~一九二四年一一月)。前任の黎元洪《リーユアンホン》を武力で脅して辞職させ、国会議員を買収して大総統に選出されたため、「賄選総統」「子豚総統」と呼ばれていた。

12 「儒教の経典のみを重んじ、教育熱心な賢母として知られている孟子の母を崇拝して祀り、頽廃した風紀を元に戻して国粋を守るため、特に法令を発布することを、全国民一致して大総統閣下に歎願する文章を謹んで立案いたします」という意味。

ますのは、孝女行[13]です。これは事実であり、一つ彼女を表彰すべきです。私は今日大通りで……」

「おやおや、それはいけません」薇園《ウェイユアン》が慌てて手を振り、四銘《スーミン》の言葉を遮った。

「あれなら私も見ております。彼女はおそらく『よそ者』なので、私には彼女の言葉は分からず、彼女も私の言葉が分からず[14]、彼女がいったいどこの人かは不明なのです。それでもみなさんは孝行娘だと言いますが、私が彼女に詩を作れるかと聞いたところ、彼女は首を振るのです。もし詩が作れたら、それはそれで結構なことですが」

「しかし忠孝は大義であり、詩が作れないのは何とかやり繰りするとして……」

「それはいけません、絶対にいけません！」薇園《ウェイユアン》が手のひらを広げ、四銘《スーミン》に向かい振ったり押し出したりしながら詰め寄って、力説した。「詩を作れてこそ、興趣も湧くのです」

「我々は」と四銘《スーミン》は薇園《ウェイユアン》を押し戻した。「この題目を用いて、説明を加え、新聞に載せるのです。そうすれば一つには彼女を表彰でき、二つにはこれにより社会を矯正できます。今の社会はまるでなっておらず、脇で長いあいだ観察したのですが、小銭の一枚もやる者はおらず、これでは真心のかけらもなしと言うべきでは……」

「おやおや、四銘《スーミン》君！」薇園《ウェイユアン》がまたもや詰め寄ってきた。「それこそ『和尚に悪口禿《は》げ坊主』ですぞ。私が小銭をやらなかったのは、その時たまたま持ち合わせがなかったからです」

「お疑いなく、薇園《ウェイユアン》君」と四銘《スーミン》はまたもや彼を押し戻した。「君のことはむろん対象外、別の話です。この話をお聞きなさい――彼女たちの前にはグルリと大群衆がおったのですが、まったく敬意を表せずして、からかうばかりなのです。ごろつきも二人いて、さらに言いたい放題、そのうちの一人はこんなことさえ言うのです。『おい阿発《アーファー》、石鹸の二個も買ってきて、キュキュッと身体中を洗ってみろよ、なかなか美人になるぜ』ねえ、これはまったく……」

「ハーハッハッ！　石鹸二個か！」道統《タオトン》のよく響く笑い声が突発したので、ほかの二人はワーンと耳鳴りがした。「買って来るか、ハッハッ、ハッハッ！」

---

13　「孝行娘の歌」という意味。行は古詩の詩体の一種。

14　他県他省などよその土地から来た人なので、方言を異にして、互いに聞いて分からない、という状況を指す。

「道統《タオトン》君、道統《タオトン》君、そんな大声は止めて下さい」四銘《スーミン》は驚いて、大慌てで言った。

「キュキュッとね、ハッハッ！」

「道統《タオトン》君！」と四銘《スーミン》は不機嫌な顔で言った。「我々がまじめに相談しているのに、君は騒いでばかり、うるさくて目眩《めまい》がしてきますぞ。よろしいか、我々はこの二つの題目を、ただちに新聞社に届けて、明日必ず載せてもらわなくてはなりません。この件はどうしてもお二人にお願いしなくてはなりません」

「結構結構、当然のこと」薇園《ウェイユアン》がきっぱりと引き受けた。

「ホッホッ、洗ってみるか、キュッ……ヒヒヒ……」

「道統《タオトン》君‼」四銘《スーミン》は憤然と叫んだ。

道統《タオトン》はこの一喝で、笑うのをやめた。彼らは説明文について相談し、薇園《ウェイユアン》が便箋に清書すると、道統《タオトン》と共に新聞社へと急いだ。四銘《スーミン》は燭台を持って、門まで送り、広間の入口まで戻ると、多少の不安を覚えたが、しばし躊躇しただけで、やはり敷居を跨《また》いで入っていった。中に入るとすぐに、中央のテーブルの真ん中に例の石鹼の濃緑の小さな長方形の包みが置いてあり、包みの真ん中の金色のマークが灯りの下でキラキラ輝き、その周りにはなおも細かい模様があるのに気づいた。

秀児《シウアル》と招児《チャオアル》はテーブルの脇の床にしゃがんで遊んでおり、学程《シュエチョン》は右側に腰掛けて辞書を引いている。最後に灯りから最も離れた暗がりにある高い背もたれの椅子に四銘《スーミン》夫人を見つけたが、灯りが照らしているのは、強張った顔には何の喜怒哀楽もなく、両目は何も見ていない姿だった。

「キュキュッだなんて、恥知らず恥知らず……」

四銘《スーミン》にはかすかに秀児《シウアル》が背後で言うのが聞こえたので、振り向いてみたが、ジッとしており、招児《チャオアル》がなおも小さな両手の指先で自分の顔をひっかいているだけだった。[15]

彼は身の置き所のないような気がして、灯りを消すと、庭に出た。彼はぶらぶらしていたが、ちょっとでも気を許したところ、雌鶏とひよこが再びチーチーツーツーと鳴き出したので、彼はただちに忍び足になり、しかも遠くへ離れた。長い時間が過ぎて、広間の灯りが寝室に移っていった。彼の目に地上一面の月光が、隙間なく白い絹糸を敷き詰めたかのように映じたのは、玉《ぎょく》の盆のような月が白雲の間に現れ、一点として欠けるところがなかったからである。

---

15 指先で頬をさすのは、恥知らず、という意味のしぐさ。

彼はとても悲しく、孝行娘のように、「無告の民」[16]となり、独りぼっちになったかのようだった。この夜の彼は常になく遅い時間に寝た。

しかし翌日の朝になると、石鹸は採用されていた。この日の彼は普段より遅く起きたので、妻がすでに洗面台に伏せて首を洗っているのを目撃し、石鹸の泡が蟹の口から出る泡のように大きく、左右の耳の後ろで高々と盛り上がり、これまでサイカチの実を使っていた時にはとても薄い白い泡しか立たなかったのと比べると、その高さには雲泥の差があると思った。その後は、四銘《スーミン》夫人の体からはいつもオリーブのようでオリーブではないえも言われぬ良い香りがして、ほぼ半年後に、それは急に変化して、香りをかいだ者はみな白檀《びゃくだん》のような香りだと言うのであった。

一九二四年三月二二日

16 『礼記《らいき》』「王制」の言葉。孤（父に死なれた子）、独（老いて子のない者）、鰥《かん》（老いて妻のない者）、寡（夫に死なれた妻）の「四者は天民の窮して告ぐるなきの者なり（この四つは困窮していてもその苦しみを訴える方法のない民衆である）」とある。

# 愛と死——涓生《チュアンション》の手記

もし僕にできることなら、僕の悔恨と悲哀を書いてみたい、子君《ツーチュン》のため、自分のために。

会館[1]の忘れられた片隅の荒れた部屋はこんなにも静かで空しい。時は実に早く過ぎ、僕が子君《ツーチュン》を愛し、彼女を頼りにこの静けさと空しさから逃げ出して、すでに丸一年となった。このようなまずい事となり、僕が再び戻ってきた時、空いているのはただこの部屋だけだった。あいかわらずこんな破れ窓に、こんな窓外の枯れかけた槐《えんじゅ》の木に藤の老木、こんな窓際の四角いテーブル、こんな壊れた壁、こんな壁際の板のベッド。深夜に一人でベッドに横たわると、子君《ツーチュン》との同棲以前に戻ったかのよう、過去一年の時がすべて消されて、すべてなかったこととなり、僕がこの荒れた部屋から引っ越して、吉兆胡同《チーチャオフートン》[2]で希望に満ちた小さな家庭を作ったことなどなかったのだ。

それぱかりでない。一年前には、この静けさと空しさとはこんなものではなく、常に期待を、子君《ツーチュン》がやって来るという期待を孕《はら》んでいた。待ち続ける焦燥の中で革靴のハイヒールがレンガ敷きの道に触れる澄んだ響きを聞くや、僕が俄然生気を取り戻すようすったらなかった。そしてえくぼを浮かべた丸く青白い顔、痩せた青白い腕、木綿のストライプのブラウス、そして黒いスカートが目に入るのだ。彼女の来訪は窓外の枯れかけた槐の若葉も、僕に見せてくれた——それぱかりか鉄のような老木に掛かる一房一房の紫の藤の花までも。

だが今では、変わらないのは静けさと空しさばかり、子君《ツーチュン》が二度と来ることはない、しかも永遠に、永遠に！……

子君《ツーチュン》がこの荒れた部屋にいない時、僕の目には何も入らない。退屈のあまり、適当に本を一冊取り出すのだが、科学でもよし、文学でもよし、ともかく何でも同じ事、

1　同郷会や同業者組合が都市に設立したもので、長短期の宿泊や集会のために利用された。
2　北京市東四北大街の東側を並行して走る朝陽門北小街の東隣りに実在する短い裏通り。

読んで、読み進めて、ふと気づいた時には、すでに十数頁もめくったというのに、本の中身は何も頭に残っていないのだ。ただ耳だけがやけに鋭く、表門の外を行き来する足音がすべて聞こえるかのようで、その中から子君《ツーチュン》の靴が鳴り、しかもコツコツとしだいに近づいてくる——だが、たいていはしだいに遠のいて、最後には他の足音に紛れ雑踏に消えてしまう。僕はあの子君《ツーチュン》の靴音とは異なる布靴《ぬのぐつ》を履いた門番の息子を憎んだし、子君《ツーチュン》の靴音とあまりによく似た新品の革靴をよく履く隣り屋敷の顔にクリームべたべたのませガキも憎んだ。

彼女の人力車がひっくり返ったのでは？　電車にはねられけがをしたのでは？……僕は帽子を取って彼女に会いに行こうとするのだが、彼女の叔父が僕を面罵したことがあるのだ。

その時不意に、彼女の靴音が近づいてきて、一歩ごとに大きくなり、迎えに出た時には、すでに藤棚の下を通り抜け、にっこり微笑み頬にはえくぼを浮かべているのだ。彼女が叔父の家で叱られることはなかったのだろう、僕の心は安らぎ、黙ってしばらく見つめ合うと、荒れた部屋にもしだいに僕の話し声が満ちあふれ、家庭の専制を語り、旧習打破を語り、男女平等を語り、イプセン[3]を語り、タゴール[4]を語り、シェリー[5]

を語り……。彼女はいつも微笑してうなずき、両目にはあどけない好奇の光が溢れている。壁にはエッチングによるシェリーの肖像画が留めてあり、それは雑誌から切り取った、彼の最も美しい半身像だった。僕がご覧と指さした時、彼女はチラッと見ただけで、俯《うつむ》いてしまったのは、恥ずかしかったのだろう。こんなところは、子君《ツーチュン》がまだ古い考え方に縛られているからだろう――僕はのちに、シェリーが海で溺死した時の記念の肖像か、イプセンの像に換えようかとも思ったが、結局換えることがないまま、今ではこの絵がどこに行ったやらも分からない。

3　ヘンリック・イプセン（一八二八～一九〇六）。ノルウェーの戯曲家。代表作に、対等な一人の人間として見てくれない夫に絶望して家を出る女性ノラを描いた『人形の家』など。

4　ラビンドラナート・タゴール（一八六一～一九四一）。ノーベル文学賞を受賞したインドの詩人・思想家。一九二四年に訪中し、彼の深い知恵と高い精神性に心酔する中国の文化人もいたが、魯迅は「自国の『サティー（夫が亡くなったら妻も殉死すべきとする〈寡婦焚死〉の風習）』を讃美してノーベル賞を受けたインドの詩聖」としてタゴールを批判した。

5　パーシー・ビッシュ・シェリー（一七九二～一八二二）。イギリスのロマン派詩人。「妻を友人と共有」するなど、結婚に対して自由で過激な思想を持っていた。後妻メアリ（『フランケンシュタイン』の作者）とのイタリア旅行からの帰途、暴風雨に見舞われ、船が沈没して死亡。

「わたしはわたし自身のもの、あの人たちの誰にもわたしに干渉する権利はない！」

これは僕たちが交際して半年が経ち、彼女のこの街にいる叔父や実家の父親のことを話した時に、彼女がしばし黙想してから、はっきり、きっぱり、そして静かに言った言葉だ。その時には僕はすでに自分の意見や、僕の身の上、僕の欠点を、ほんの少し隠しただけで語り尽くしており、彼女もすべて理解していた。彼女の言葉が僕の魂を揺さぶり、その後幾日ものあいだ耳の中で鳴り響いて、口では言えないほど狂喜させたのは、中国の女性は、決して厭世家が言うほど仕方のないものではなく、近い将来、輝かしき夜明けを見届けることだろう、と知ったからだった。

彼女を門まで見送るときには、いつものように十数歩離れていたが、いつものように例のナマズ髭の老いぼれが汚れた窓ガラスに顔を押しつけて、鼻先までペチャンコにしており、外庭まで出ると、いつものようにきれいに磨いた窓ガラスの中にも例の若造の顔、クリームをたっぷり塗った顔がある。彼女は脇目もふらず胸を張って歩くので、そんなものは目に入らず、僕も胸を張って戻ってくる。

「わたしはわたし自身のもの、あの人たちの誰にもわたしに干渉する権利はない！」

この徹底した考えが彼女の頭の中にはあり、僕よりもさらにしっかりしていて、ずっと強かった。こってりクリームや平ペチャの鼻など、彼女にとって何だというのだ。

あの時どのように僕の純真熱烈な愛を彼女に表現したものかもうはっきりとは覚えていない。現在だけでなく、あの直後にはすでに曖昧になっており、夜になって思い出そうとしても、早くから断片しか残されておらず、同棲から一、二カ月後には、この断片さえもたどることのできない夢の影と化していた。覚えているのはあの時よりも十数日前のこと、あらかじめプロポーズのやり方を事細かく考え抜き、台詞《せりふ》の順番、そしてもしも拒絶された場合の対応を決めたことだけだ。だがその場に及んではすべて役に立たず、大いにあがってしまい、思わず映画で見たやり方を使う羽目となった。後になって思い出すと、恥ずかしくてたまらないのだが、記憶にはこの一点だけが永遠に残されており、今なお暗室の孤灯のように、僕が彼女の手を握って涙を流し、片《かた》膝《ひざ》をついた姿を照らしている……

僕自身のことばかりでなく、子君《ツーチュン》の言葉やしぐさについても、その時の僕にはよく見えず、彼女がすでに体を許そうとしていることだけが分かった。それでも彼女の顔色が青白くなり、それからしだいに深紅へと変じたことは覚えているようだ――見たことのない、そして二度と見ることのなかった深紅に、子供のような目は悲しみと喜びの光を放っていたが、そこには不審の光も挟まれていた――僕の視線をなるべく避けようとして、慌てて窓を破って飛んで行かんばかりではあったけど。それでも僕には彼女がすでに体を許そうとしていることは分かっていた――彼女が何と言い何と言わなかったかは分からないのだが。

彼女のほうは何でも覚えており、僕の言葉を、繰り返し読んだかのようで、滔々と暗唱でき、僕のしぐさも、目の中で僕には見えない映画がかかっているかのように、生き生きと、細部まで、もちろん僕が思い出したくない軽薄な映画の煌《きら》めく一場も含めて、描写した。静かな夜更けは、向かい合って温習《おさらい》の時間で、僕がいつも質問され、試験され、さらにあの時の言葉を復唱せよと命じられたが、いつも彼女に補足してもらい、訂正してもらわねばならず、できの悪い学生のようだった。

この復習もその後はしだいに少なくなった。それでも僕には彼女の両目が宙を見つめ、うっとりと物思いにふけり、顔色が柔らかみを増し、えくぼが深くなるのを見ると、彼女がまたもや例の授業の自習をしているのが分かって、彼女が僕のあのおかしな映画の煌めく一場を見ているのではないかと心配したものだ。しかし僕には、彼女が必ずや見たがっており、しかも必見のものとしていたことも分かっていた。しかしだが彼女はおかしいなどとは思っていない。たとえ僕自身はおかしいとか、恥ずべきとさえ思っていても、彼女は少しもおかしいなどとは思っていない。このことを僕がはっきり分かっていたのは、彼女の僕への愛は、これほどまでに熱く、これほどまでに純真だったからだ。

去年の晩春は最も幸せで、そして最も忙しい時だった。僕の心は静まっていたが、心の別の面と身体とが一緒になって忙しかった。僕たちはこの時になって初めて通りを二人で歩き、幾度か公園にも出かけたが、一番多かったのは借家探しだった。僕は路上でしばしば好奇と、嘲笑と、猥雑と軽蔑のまなざしを受けているような気がして、少しでも気を緩めると、全身縮みあがってしまい、すぐに誇りと反抗心を奮い起こして持ちこたえなくてはならなかった。彼女のほうはむしろ何ものをも恐れず、そんなことにはまったく無関心で、ただ落ち着いてゆっくりと進み、無人の境を行くかのように平然としていた。

借家探しは実に難しく、ほとんどは体《てい》よく断られ、僕たちが気に入らない時もあった。最初は僕たちの選択基準は厳しく——いや厳しいのではなく、見たところほとんどが僕たちの安住の地とは思えなかったのだが、後には、住めさえすればいいとなった。二十件以上も見て、ようやく当面我慢できそうな家が見つかったが、それは吉《チー》兆胡同《チャオフートン》にある小さな家の北向き二間《にけん》幅の部屋で、家主は小役人だったが、物のわかった人で、自分は南向きの母屋と東西両側の建物に住んでいた。彼には奥さんと一歳にもならぬ女の子がいるだけで、農村出身の手伝い女を雇っており、子供が泣きさえしなければ、とても閑静なところだった。

僕たちの家具はたいそう簡素だったが、それでも僕の工面したお金の大半を使ってしまい、子君《ツーチュン》は唯一つしかない金の指輪とイヤリングを売り払った。僕は止めたのだが、どうしても売りたいと言うので、無理に止めはせず、彼女も出資しなくては、住み心地がよくないだろうと考えたのだった。

叔父とは、彼女はとっくに喧嘩別れしており、怒った叔父は今後は自分の姪とは思わないとまで言い切り、僕のほうも何人かの友人と絶交していた——彼らは自分では忠告しているつもりでも、実は僕のやることに怯《おび》えたり、あるいは嫉妬さえしていたのだ。しかしこうなるとかえって清々《すがすが》しかった。毎日勤務が終わると、もはや夕暮れ時で、人力車も決まってノロノロ走るのだが、それでも二人向かい合わせとなる時間は残った。僕たちはまず黙って見つめ合い、心ゆくまで仲良く話し、それからまた沈黙した。二人とも俯いて思いにふけるのだが、実は何も考えてはいなかった。僕もしだいに冷静に彼女の身体、彼女の魂をくまなく読んでいたので、三週間も経たぬうちに、僕は彼女のことをさらに深く理解し、以前は理解していると思っていたが今にして思えば壁であった、いわゆる真の壁を数多く取り除いた。

子君《ツーチュン》も日に日に活動的になった。だが彼女は花は好きでなく、僕が縁日で買ってきた二鉢の小さな花を、四日も水をやらずに、部屋の隅で枯らせてしまったが、僕にもすべての面倒を見る暇はなかった。それでも彼女は動物好きで、お役人の奥さんに感化されたのか、ひと月と経たぬうちに、僕たちの家族は急増し、四羽のひよこが小さな中庭を家主の十数羽と一緒になって歩いていた。だが二人は顔かたちで鶏《にわとり》が見分けられ、それぞれどれが自分家《じぶんち》のか分かっていた。それに斑《まだら》の狆《ちん》がおり、縁日で買ってきたもので、なにか名前が付いていたようだが、子君《ツーチュン》は別の名前を付けてやることにして、阿随《アースイ》と呼んだ。僕も阿随《アースイ》と呼んだが、この名前は好きではなかった。

本当だ、愛情とは常に新しくして、生み育て、創り出さねばならない。僕が子君《ツーチュン》にこう語り出すと、彼女も分かっているとうなずいた。

ああ、それは何と静かで幸せな夜だったろう!

平安と幸福は凝固するもので、永遠にこんな平安と幸福なのだ。僕たちは会館に居た時には、まだ議論してぶつかり合い気持ちを誤解することもたまにはあったが、吉《チー》兆胡同《チャオフートン》に来て以後、それはこれっぽっちもなくなり、僕たちは灯下での思い出話の中で、あの頃のぶつかり合ったあとに和解が甦るかのような楽しみを味わった。

子君《ツーチュン》はふっくらとして、顔色もよくなってきたが、惜しいことに忙しかった。家事をしているとおしゃべりの時間もなく、読書や散歩どころではなかった。僕たちはいつも、手伝い女を雇わなくっちゃと言っていた。

そのことで僕も同様に不快になったのは、夕方帰宅して、しばしば彼女の不快を押し隠した顔つきを見たからで、特に僕を憂鬱にさせたのは彼女が無理に作る笑顔だった。幸いにも聞き出したことには、やはりあの小役人の奥さんとのいさかいで、導火線となったのは両家のひよこだった。それにしてもなぜ頑《かたく》なに僕に話そうとしなかったのだろう？　人は独立した家を持つべきだ。こんな場所には、住めるものではないのだ。

僕の道も型どおりで、毎週六日は、家から役所へ、そして役所から家だった。役所では事務机の前に座って、公文書や書簡を写し、写し、写し続け、家では彼女と向かい合うか焜炉《こんろ》の火を熾《おこ》して、彼女の飯炊きや、饅頭《マントウ》［蒸しパン］を蒸すのを手伝った。僕が飯炊きをマスターしたのは、この時なのだ。

だが僕の食べ物は会館に居た時と比べてずっとよくなった。料理は子君《ツーチュン》のお得意ではなかったが、彼女はこのことに全力を注いでおり、彼女の日夜の苦心に対して、僕も一緒に苦労せざるを得ず、そうしてこそ甘苦《かんく》を共にするということなのだ。まして彼女はこうして一日中汗を流し、断髪を額に貼り付け、左右の手はこうして荒れるに任せていた。

ましてさらに阿随《アースイ》を飼い、鶏を飼い……すべて彼女なしでは済まない仕事だ。

僕は彼女に忠告したことがあった――僕は食べなくたって、何とかなるんだし、ここまで苦労してはいけないよ。彼女は僕をチラッと見ただけで、何も言わなかったが、表情は少し悲しそうだったので、僕もそれ以上は言えなくなった。それでも彼女はあいかわらず苦心し続けていた。

僕が予期していた打撃がやっぱりやってきた。双十節[6]の前の晩、僕はぼんやりと座り、彼女は洗いものをしていた。ノックの音が聞こえ、僕がドアを開けると、役所からの使いで、僕に謄写版刷りの紙を一枚渡した。僕には思い当たるところがあり、ランプの下で読んでみると、やっぱり、次のように印刷されていた——

> 通告
>
> 局長の命により史涓生《シーチュアンション》は本局執務に及ばず
>
> 秘書部拝　十月九日

これは会館に居た時から、すでに予想していたことで、例のクリーム小僧は局長の息子の麻雀仲間なので、きっとデマを交えて、わざわざご注進に行ったのだろう。今になって効き目が出るとは、むしろ遅いと言うべきだ。実はこれは僕にとって打撃ではなく、ずっと前に僕は、他の人の文書係か、家庭教師になるか、それとも苦労は多いが、翻訳をしてもいいと決めており、しかも「自由の友」の編集長は何度か会ったことがあり昵懇《じっこん》で、二、三カ月前にも文通している。それでも僕の胸はドキドキしていた。あれほど恐れ知らずの子君《ツーチュン》さえも顔色を変えたことが、僕には特に辛く、彼女が最近臆病になったと思った。

「そんなの平《へい》ちゃら。フン、二人で新しい仕事をするのよ。私たち二人で……」と彼女は言った。

彼女の言葉は途切れたが、なぜかしら、その声は僕にはフワフワしているとしか聞こえず、ランプの明かりもことのほか暗く感じた。人というのは実におかしな動物で、ごく些細なことにも、深刻な影響を受けることがある。僕たちはまず黙って見つめ合い、それから相談を始め、最後に今あるお金をできるだけ節約し、文書係と家庭教師の職探しの「小広告」を出すいっぽうで、「自由の友」の編集長に手紙を書いて、僕の目下《もっか》の状況を説明し、僕の翻訳を採用して、この苦境を助けて欲しい、と頼むこと

6　一九一二年に成立した中華民国の建国記念日。一〇月一〇日。

にした。

「やるとなったら、すぐにやろう！　新しい道を切り開こう！」

僕がすぐに机に向かい、ゴマ油の瓶や酢のお皿を押しやると、子君《ツーチュン》は例の暗いランプを持ってきた。僕はまず広告を書き、次に訳すべき本を選んだが、引っ越し以来開いたことがないので、どの本も埃がいっぱい溜まっており、最後にやっと手紙を書いた。

僕はあれこれ考えたが、どう書いたらよいものか分からず、筆を止めて思案に暮れていた時、視線を転じて彼女の顔を見ると、暗い灯りの下で、再び悲痛な表情を浮かべていた。こんな些細なことが、毅然として、恐れ知らずの子君《ツーチュン》にこれほどあからさまな変化をもたらすとは、僕には思いもよらなかった。彼女はたしかに最近はひどく臆病になっており、それは今夜に始まったことではなかった。僕の心はこのことで乱され、突然静かな暮らしの映像――会館の荒れた部屋の静けさが、目の前に一瞬煌めいたが、目を凝らして見ようと思うと、再び暗いランプの灯りが見えたのだった。

長い時間の後、手紙も書けたが、ひどく長文の手紙になってしまい、とても疲労感を覚えたのは、どうやら自分も最近少し弱気になったからだろうか。そこで僕たちは、広告と郵送は、明日一緒に実行しようと決めた。二人は思わず同時に腰を伸ばすと、無言のうちに、互いの我慢強い精神を感じて、新たに芽生えてくる将来の希望を見たかのようだった。

外からの打撃は実は僕たちの新たな精神を奮い起こした。役所の暮らしは、元々小鳥屋の手の内の鳥と同じで、わずかの粟《あわ》で命をつなぐだけ、決して太ることはなく、日が経つにつれ、羽が麻痺してしまい、たとえ籠の外に放たれても、とっくに飛べなくなっている。僕は今ようやくこの籠から抜け出し、翼を羽ばたくことをまだ忘れてはいないのだから、これからは新しく広々とした天空を飛行すべきなのだ。

小広告はもちろんすぐには効果は出ないが、翻訳も簡単なことではなく、前に読んだことがあり、理解したと思っている本でも、訳し出すと、疑問百出で、なかなか進まない。それでも僕はがんばろうと決心し、まだきれいだった辞書が、半月も経たないうちに、縁が手垢で真っ黒となったのは、僕の熱心な仕事ぶりを証明している。「自由の友」の編集長が、自分のところではよい原稿をボツにすることは決してないと言ったのだ。

残念なことに僕には静かな部屋がなく、子君《ツーチュン》からは昔のように物静かで、優しい気遣いは消え、部屋にはいつもお椀や皿が散らかり放題、煙が充満して、仕事に専念できなかったが、それももちろん書斎を持てない自分の無力を恨むしかないことなのだ。それにしてもそのうえに阿随《アースイ》であり、鶏たちである。そのうえ鶏たちはいっそう大きくなって、両家の争いの導火線となりやすかった。

そのうえ毎日の「絶え間なく続く」食事であり、子君《ツーチュン》の功績は、この食事の上に完全に打ち立てられているかのようだった。食べたら金のやり繰り、やり繰りしたらご飯を食べ、さらに阿随《アースイ》に餌をやり、鶏を飼わねばならず、彼女は以前理解していたことをすべて忘れたかのようで、僕の構想がしばしばこの食事の催促で中断されていることに気づかなかった。食事の最中に少し怒った顔を見せても、彼女はどうしても態度を改めようとせず、あいかわらず無頓着のようすでパクパクと食べていた。

僕の仕事柄では定刻どおりの食事に縛られるわけにはいかない、ということを彼女に理解させるだけで、五週間もかかった。彼女は理解した後、ひどく不機嫌だったろうが、何も言わなかった。僕の仕事はやはりその後は前より早く進んで、まもなく合計五万字を訳し終え、もう一度手直しすれば、すでに出来ている小品二篇と一緒に、「自由の友」に送れるのだ。ただ食事に僕はなおも苦しめられていた。おかずが冷めているのは、構わないのだが、量が足りず、時にはご飯さえも足りないのだ——僕は終日家で頭を使っているだけで、ご飯の量は以前と比べてずっと少なくなっていたのだが。これは先に阿随《アースイ》に食べさせるからで、最近では自分でもめったに食べられない羊肉を付けていることもある。彼女が言うには、阿随《アースイ》はとても痩せていてかわいそう、大家の奥さんからはこれを種に笑われるので、彼女としてはこんな侮辱はがまんできない、と。

こうして僕の残飯を食べるのは鶏たちだけになった。このことは僕が長いことかかって見つけ出したことで、しかしさらにハックスリの[7]「人類の宇宙における位置」という理論にも通じるのだが、僕のこの場における位置とは、犬の狆《ちん》と鶏のあいだにあるに過ぎない、と自覚したのだ。

7 トマス・ヘンリー・ハックスリ（一八二五～一八九五）。イギリスの生物学者。進化論者で著書に『自然界における人類の位置』がある。

その後、度重なる言い争いと説得とにより、鶏たちはしだいにおかずとなり、僕たちと阿随《アースイ》は十数日間はご馳走を楽しんだが、実は鶏はひどく痩せており、それというのも長いこと餌には数粒の高粱《こうりゃん》しかもらえなかったからだ。以来家ははるかに静かになった。ただ子君《ツーチュン》だけはひどくしょんぼりして、いつも辛くて苦しいようすで、口を開くのも億劫そうになっていた。僕は、人とはこんなに簡単に変わってしまうものかと思った。

しかし阿随《アースイ》も置けなくなった。僕たちはもはやどこからか手紙が来るだろうという希望は持てず、子君《ツーチュン》が犬に背伸びやチンチンの芸をさせる食べ物もとっくに底をついていた。冬がこんなに早く迫って来たので、ストーブが大問題になろうとしており、犬の餌が、僕たちにとって重い負担であることは実は早くから分かりきっていたのだ。こうして犬さえも置けなくなった。

もしも藁《わら》の印[8]を付けて縁日で売れれば、わずかの金にはなったろうが、僕たちにそんなことはできなかったし、したくもなかった。ついに風呂敷で頭部を包み、僕が西の郊外に連れて行き捨てたが、それでも追いかけてくるので、あまり深くはない地面の穴に押し込んだ。

僕は帰宅すると、再び大いに清浄になったと感じたが、子君《ツーチュン》の痛ましい顔色が、僕をびっくりさせた。それは見たこともない顔色で、当然阿随《アースイ》のためである。それにしてもそこまで悲しむことだろうか。僕はまだ穴に押し込んだことは話していなかった。

夜になると、彼女の痛ましい顔色に、冷ややかな感じが加わった。

「変だよ。——子君《ツーチュン》、君はどうして今日はそんななんだい？」僕は耐えきれずに聞いた。

「何が？」彼女は僕を見ようともしなかった。

「君の顔色さ……」

「何でもない——何でもないのよ」

結局僕が彼女の言動から見つけ出したのは、彼女はおそらく僕のことを残忍な人間と判断したということだった。実は、僕一人なら、暮らしは楽なのであって、自尊心

8　当時売り物に付けた藁製の印。

が強いため、これまでも代々の付き合いのある人とは交際せず、転居後は、旧知の人すべてと疎遠になったものの、遠くへ逃げてしまえば、生きる道はまだまだ広い。今はこの暮らしの圧迫により苦痛を受けているが、ほとんどは彼女のためであり、阿随《アースイ》を捨てたのも、彼女のためなのだ。それなのに子君《ツーチュン》の見方は浅はかになるばかり、こんなことさえ分からなくなってしまったのだ。

僕は機会を見つけて、こんな道理を彼女に暗に示したところ、彼女は了解したというようすでうなずいた。しかし彼女のその後のようすを見ると、彼女はわかっちゃいないか、まるで信じていないのだった。

冬の冷え込みと表情の冷たさに、僕は家庭に安住できなくなった。しかし、どこへ行くのか？　大通りや、公園には、氷のような表情はないものの、冷たい風が肌に突き刺すように吹いている。僕はついに民衆図書館に僕の天国を見つけた。

そこは入場無料で、閲覧室には鉄製ストーブが二台置かれている。今にも消えんばかりの石炭しか燃やしてくれないが、ストーブを見るだけでも、精神的に多少の暖かみを感じるのだ。だが本は読むに耐えず、古書は陳腐で、新しい本はほとんどなかった。

幸いにも僕は読書のためにそこに通うのではない。ほかに常連が数人いて、多い時には十数人、みな薄っぺらい装いで、僕と同様、各自の本を読んで、それを暖を取ることの口実としていた。これは僕にとっては特に具合がよかった。路上では容易に知り合いに出会ってしまい、軽蔑の眼差しを受けるだろうが、ここではそんな心配はまったくなく、それというのも彼らは永遠に別の鉄製ストーブを囲んでいるか、自宅の焜炉《こんろ》に当たっているからだ。

そこには僕の読むような本はなかったが、物思いする僕を受け入れてくれるだけの安らぎはあった。一人でぼんやり座って、昔を思い出すと、この半年余りは、ただ愛――盲目的な愛――のためだけに、別の人生の意義をすべておろそかにしてきたと思った。いちばん大事なのは、生きることだ。人は生きていてこそ、愛がついてくるのだ。この世には戦わない者のために開かれている活路などなく、僕だって翼を羽

9　原文は「通俗図書館」。一九一三年に開館した図書館で、当時魯迅は教育部（日本の文部科学省に相当）社会教育司第一科の科長職にあり、同館開設に尽力した。

ばたくことをまだ忘れてはいない——以前よりはすでに遥かにしょんぼりしているが……

部屋も読書する人もしだいに消えていくと、僕には怒濤の中の漁師や、塹壕の中の兵士、自動車の中の高官、租界の投機家、深山密林の中の豪傑、演台の上の教授、闇夜の運動家にそして深夜の盗賊……が見えてきた。子君《ツーチュン》——がそばに居ないからだ。彼女の勇気はすべて失われ、ただ阿随《アースイ》のために悲しみ、ぼんやりと食事を作るだけだが、不思議なことになぜか痩せはしない……

冷えてきたのは、ストーブの中の消えんばかりのわずかな石炭が、ついに燃え尽きて、すでに閉館の時刻となったのだ。また吉兆胡同《チーチャオフートン》に戻り、冷たい顔色を目の前にしなくてはならない。最近では時折温かな表情に出会うこともあるが、それがむしろ僕の苦痛を増した。ある夜のこと、子君《ツーチュン》は目から突然長らく見なかったあどけない光を発すると、笑いながら僕にまだ会館にいた頃のことを話しはじめ、時に恐怖の表情を激しく浮かべた。最近の僕の彼女以上の冷淡さが、すでに彼女の不安を呼び起こしていることに僕は気づいていたので、できるだけ談笑するしかなく、彼女を慰めてあげようと思った。ところが僕が笑顔を浮かべ、話をしても、それはたちまち空虚に変じ、この空虚もたちまち反響して、僕の耳目に返ってくると、あくどく耐え難く僕を冷笑するのだ。

子君《ツーチュン》にも分かっていたようすで、この時から彼女はかつての麻痺したような平静さを失い、できるだけ隠そうとするものの、やはりしばしば不安の色を見せてしまうのだが、僕に対してはずっとやさしくなった。

僕は彼女にはっきり言おうと思ったが、やはりそうはできず、言う決心をした時でも、彼女の子供のような目を見ると、僕はしばらくは作り笑いに改めざるを得なかった。しかしこれもただちに僕を冷笑し、そして僕に例の冷めた平静さを失わせたのだった。

彼女はこの時から再び過去の復習と新しい試験とを始め、僕に多くの偽りのやさしい答案を作らせ、やさしさを彼女に見せるように、偽りの草稿を自分の心に書かせた。僕の心はしだいにそんな草稿でいっぱいになり、いつも息もできないように感じていた。僕が苦しみながら常に考えていたことは、真実を語るには当然膨大な勇気が必要で、もしもこの勇気がなく、偽りに甘んじているのなら、それもすなわち新たに生きる道を切り開けない人なのだ。それだけでなく、この人そのものも存在しないのだ！

子君《ツーチュン》が恨みがましい表情を浮かべたのは、早朝、ひどく寒い早朝のことで、それは見たこともないものだったが、僕の気持ちのせいで恨み顔に見えたのかもしれない。その時の僕が冷ややかに怒り密かに笑っていたのは、彼女が訓練してきた考え方と自由で恐れ知らずの言論も、けっきょくは空虚に過ぎず、しかもこの空虚さに対して無自覚だからだ。彼女はとっくにどんな本も読まなくなっており、人の生活の第一は生を求めることで、この生を求める道に向かって、必ずや手を取り合って共に進むか、あるいは一人奮闘するべきであることも分からなくなっており、もしも人の着物の裾を引っ張ることしか知らないのなら、たとえ戦士であっても戦闘は困難となり、共に滅亡するしかないのだ。

僕が思うに僕たちは別れずして新しい希望は持てない、彼女はきっぱり出て行くべきだ——突然僕は彼女の死をも考えたが、すぐにそんな自分を責め、この過ちを悔いた。幸い早朝で、時間もたっぷりあるので、僕は自分の真実を語れるだろう。僕たちの新しい道は、今こそ始まるのだ。

僕は彼女と雑談し、わざと二人の過去に触れ、文芸について語り、外国の文学者や、文学者の作品『人形の家』『海の夫人』〔共にイプセンの戯曲〕に及んだ。ノラ[10]の決断を賞賛したり……。それは去年会館の荒れた部屋で話したことだが、今ではすでに空虚となっており、自分の口から耳へと入るのを聞くと、背後に悪い子供が隠れていて、意地悪く毒々しく鸚鵡返《おうむがえ》しの口まねをしているのではと何度も疑っていた。

彼女はあいかわらずうなずきながら聞いていたが、やがて黙ってしまった。僕も途切れ途切れに自分の話を終えたが、余韻さえもすべて虚空に消えた。

「そうね」と彼女はしばらく沈黙してから、こう言った。「でもね……涓生《チュアンション》、わたし最近のあなたが別人になったように感じる。そうでしょ？　ねえ――正直に言って」

これには僕も正面から一撃食らったようなショックを受けたが、すぐに気を落ち着けて、僕の意見と主張を話し出した――新しい道の始まり、新しい生活の再開、共に滅亡するのを避けるために。

終わりに僕は強く決心して、こんな言葉をつけ加えた――

「……しかも君はもう心配せずに、勇敢に前進できるんだ。正直に言って欲しいんだ

10　『人形の家』のヒロインで、夫や子供たちを捨て、自立を求めて家出する。

ろう――そうさ、人は嘘を言ってはいけない。僕は正直に言おう――なぜって、なぜって僕はもう君を愛していないんだ！　でもそれは君にとってもとてもよいことなんで、君はさらに何の心配もなく動けるし……」

僕はこのとき非常事態を予想していたのだが、沈黙が続くばかりであった。彼女の顔色は突然土気色に変わり、死んでしまったかのようだったが、瞬時にして蘇生し、目からもあどけないキラキラとした光が発せられていた。この光は四方に放たれ、飢えた子供がやさしい母を探し求めているかのようだったが、虚空を探すばかりで、恐ろしげに僕の視線を避けていた。

僕は見るに耐えず、ちょうど早朝だったので、寒風の中を民衆図書館へと急いだ。そこで「自由の友」を見つけると、僕の小品はみな掲載されていた。これには僕も驚いて、少し生気を取り戻した。僕が考えたことは、生きる道はなおも数多いのだ――が、今のこんなありさまではやはりだめなのだ。

僕は長いことご無沙汰していた知人を訪問しはじめたが、それも一、二度限りのことで、彼らの部屋は当然のこと暖かいというのに、僕は骨の髄まで寒さを感じたからだ。夜になると、氷よりもさらに冷たい部屋で縮こまって寝た。

氷の針が僕の魂を刺し、僕は永遠に鈍い痛みに苦しみ続けた。生きる道はなおも数多いのだ、僕も翼を羽ばたくことをまだ忘れてはいない、と思った。——僕は突然彼女の死を考えたが、すぐにそんな自分を責め、この過ちを悔いた。

民衆図書館ではしばしば光明の煌めきを見ることがあり、新たに生きる道は前にあった。彼女は勇敢に覚悟を決め、毅然としてこの氷のように冷たい家を出て行くのであって、しかも——一点の恨みの色も見せることなく。僕は雲のごとく軽やかに、天空を漂泊し、上には紺碧の空、下には深山大海に、巨大ビル、戦場、自動車、租界、邸宅、晴れ上がった繁華街、闇の夜……。

しかも、本当に、こんな新たな展開がすぐにでもやってくると予感していたのだ。

僕たちはひどく耐え難い冬を過ごした——この北京の冬、それはトンボがいたずら好きな悪い子供の手に落ち、細糸に結ばれて、好き放題にいたずらされ、虐待されるようなもの、幸い生きながらえたとはいえ、その結果はやはり地面に落ちて、遅かれ早かれ死を待つのみなのだ。

「自由の友」の編集長にはすでに三度も手紙を出したが、今ようやく返事が来たと思ったら、中には図書券が二枚、二〇銭と三〇銭とが入っているだけだった。僕は督促だけでも、九銭の切手を使っており、一日飢えながら、またもやなんら得るところがない空虚を堪《こら》えなくてはならなかった。

しかし来るべきことが、ついに来たのだと思った。

それは冬と春との境のこと、風はかつてほど寒くはなく、僕もさらに長いこと外を歩き回り、家に帰る頃には、たいてい暗くなっていた。そんな暗いある夜のこと、僕がいつものようにしょんぼり帰って来て、家のドアを見ると、やはりいつものようにさらに萎《しお》れてしまい、足取りがさらに重くなった。それでもとうとう自分の家に入っていくと、灯火が消えているので、マッチを探して灯りを点けると、異様に寂しくガランとしていたのだ。

驚いていると、お役人の奥さんがやって来て窓の外から僕を呼び出した。

「今日子君《ツーチュン》さんのお父さんがお出でになって、連れて帰りました」彼女はたいそうあっさりと言った。

これは予想もしなかったことなので、僕は後頭部を一撃されたように、無言で立ち尽くしていた。

「彼女が行ってしまった？」しばらくしても、僕はこんなことしか言えなかった。

「彼女は行きました」

「彼女は――何か言ってませんでしたか？」

「何も言ってません。ただあなたがお帰りになったら、彼女は行った、と伝えてとわたしに頼んだんです」

僕は信じなかったが、家の中は異様に寂しくガランとしていた。僕は部屋中見渡して、子君《ツーチュン》を探したが、壊れかけた暗い家具が見えるばかり、隙間だらけで、人や物を隠せるはずもないことを証明していた。僕は手紙か彼女が残したメモを探すことにしたが、それもなく、ただ塩と乾燥唐辛子、小麦粉、白菜半分が一カ所にまとめて置いてあり、その脇に銅貨数十枚があった。これは僕たち二人の暮らしのすべての材料であり、今や彼女はそれを丁寧に僕一人のために残して、無言のうちに、これでこの先も長く生きていくようにと教えているのだ。

僕が周囲のすべてに排斥されたかのように、中庭の真ん中に飛び出すと、暗黒が僕を取り囲み、母屋の窓の障子は明るい灯火を映じており、彼らは子供をからかって笑わせているのだ。僕の心も落ち着いてきて、重い圧迫の中から、しだいにぼんやりと脱出の道が現れてきたように思った——深山湿原に、租界、電灯の下の饗宴、塹壕に、最も最も暗い深夜、鋭利な刃の一撃、音無き足どり……。

心は少し軽くなり、伸びやかになり、旅費を考えて、さらに息を吐いた。

寝そべると、閉じた目の前を予想される前途が通り過ぎていったが、それも夜中になる前には出尽くしてしまい、闇の中に突然一山の食料が見えたと思うと、その後、子君《ツーチュン》の土気色の顔が浮かび、それは子供のような目を大きく見張って、哀願するかのように僕を見ているのだ。僕がハッとして見返すと、何も見えなくなった。

しかし僕の心はまた重くなった。なぜあと何日か我慢せずに、あんなに急いで彼女に本当のことを告げてしまったのか？　今や彼女は知っている——今後の自分には娘の債権者としての父親の烈日のような厳格さと周囲の者の氷霜《ひょうそう》よりも冷酷な目が残されているだけということを。他はすべて空虚である。空虚の重荷を背負って、厳しい監督と冷酷な監視の中いわゆる人生の道を歩き続けるとは、なんと恐ろしいことだろう。しかもその道が尽きるところには——墓碑さえもない墓なのだ。

僕は真実を子君《ツーチュン》に語るべきではなかった——二人が愛し合ったからには、僕は永遠に彼女に僕の嘘を捧げ続けるべきだった。もしも真実とは貴ぶべきものなら、それが子君《ツーチュン》にとって重い空虚であってはならない。虚言ももちろん空虚ではあるが、最後には、せいぜいこの程度の重さに過ぎない。

僕は真実を子君《ツーチュン》に話しても、彼女は何の心配もなく、きっぱり毅然として前進できる、ちょうど僕たちが同居したときのように、と思っていた。しかしこれはおそらく僕の間違いだったのだろう。当時彼女が勇敢で恐れ知らずだったのは愛のためだったのだ。

僕は虚偽の重荷を背負う勇気がなく、真実の重荷を彼女に肩代わりさせてしまった。彼女は僕を愛した後は、この重荷を背負って、厳しい監督と冷酷な監視の中いわゆる人生の道を歩いて行かねばならない。

僕は彼女の死を考えた……。僕は自分が卑怯者であり、力強い人たちにより排斥されるべきであることを知った——それが真実の者であろうが虚偽の者であろうが。しかし彼女は始めから終わりまで、なおも僕がこの先も長く生きていくことを希望しているのだ……

　僕が吉兆胡同《チーチャオフートン》から出たくなったのは、ここが異様にガランとして寂しいからだ。ここから出さえすれば、子君《ツーチュン》が僕の側《そば》にいるかのようであり、少なくとも、なおも市内にいるかのようであり、ある日、意外にも僕を訪ねてくるかもしれない、会館に住んでいたときのように、と僕は考えた。

　しかしすべての依頼にも手紙にも、一つとして反応はなく、僕はやむを得ず、長いことご無沙汰していた代々の付き合いのある人を訪ねるしかなかった。それは僕の伯父の幼年時代の同窓であり、堅物で知られた抜貢《ばっこう》[11]で、都に住んで久しく、交遊範囲も広かった。

　おそらくみすぼらしい身なりだったからだろう、屋敷を訪ねると門番にひどく白い目で見られた。やっとのことで面会してもらえたものの、まだ覚えてはいてくれたが、ひどく冷淡だった。彼女とのことを、彼はすべて知っていたのだ。

「もちろん、君もここにはいられないが」と彼は他所《よそ》で職を探したいという僕の頼みを聞くと、冷たく言った。「しかしどこへ行くのか？　とても難しい。——君のあの、何と言うのか、君の友達じゃ、子君《ツーチュン》さん、君も知ってのとおり、彼女は死んだ」

僕は驚いて言葉が出なかった。

「本当ですか?」僕はようやく呆然と返事した。

「ハッハッ。もちろん本当だ。うちのボーイの王升《ワンション》の実家は、彼女の家と同じ村なんじゃ」

「でも——どうして死んだんでしょうか?」

「知るもんか。とにかく死んだんじゃよ」

どうやって伯父の友人の家を出て自分の家に帰ったのか、もう忘れてしまった。彼がでたらめを言っているのではないこと、子君《ツーチュン》が去年のように、二度と訪ねてはこないことは分かっていた。彼女が厳しい監督と冷酷な監視の中で空虚の重荷を背負っていわゆる人生の道を歩き続けたいと思っても、もはやできないのだ。彼女の運命は、僕に与えられた真実——愛なき世の中で死滅するものと決まっていたのだ。

11 科挙受験資格者の秀才で学業優等、品行方正であるため特に選抜されて、北京に送られ、国子監(隋唐~清末の最高学府)に入学した人。

もちろん、僕はここにはいられないが、しかし、「どこへ行くのか？」周囲は広大な空虚で、さらに死の静けさがある。愛なき人々の目の前で死ぬことの暗黒が、僕にはいちいち見えるかのようであり、すべての苦悶と絶望のあがきの声が聞こえるかのようであった。

僕はそれでも新しいもの、名もなく、意外なものの到来を期待していた。だが毎日毎日、死の静けさばかりであった。

僕は以前のようにはあまり出歩かなくなっており、広大な空虚の中で寝起きして、この死の静けさが僕の魂を蝕《むしば》むに任せていた。死の静けさは時には自ら戦慄し、自ら逃げ隠れするので、この断続の境目で、名もなく、意外にして新しい期待が煌めくのだ。

ある薄暗い朝のこと、太陽はいまだに雲の中に閉じ込められており、空気さえも疲れていた。耳に小刻みな足音とクンクンという鼻息が聞こえてきたので、僕は目を開けた。ざっと見ても、部屋はあいかわらずの空虚だったが、ふと土間を見ると、一匹の小動物が動いていた——痩せこけ、死にかけ、全身泥だらけで……。

僕はジッと見るうちに、心臓が止まり、そして激しく動悸しはじめた。それは阿随《アースイ》だった。犬が帰ってきたのだ。

僕が吉兆胡同《チーチャオフートン》を離れたのは、大家の一家やその手伝い女の冷たい目つきのためだけでなく、主にこの阿随《アースイ》のためだった。しかし、「どこへ行くのか?」新たに生きる道はもちろんまだたくさんあり、僕にはあらまし分かっており、時にかすかに見えもしたので、僕の目の前にあるのだと思ったが、それでも僕にはどこかへ行く第一歩を踏み出す方法が分からなかった。

何度も考え比べてみたが、やはり会館だけが受け入れてくれる場所だった。元どおりのこの荒れた部屋、この板のベッド、この枯れかかった槐の木に藤、だがあの時に僕に希望を抱かせ、喜ばせ、愛させ、生きさせたもの、そのすべては逝《い》ってしまい、空虚だけが、僕が真実と取り替えた空虚だけが存在している。

新たに生きる道はなおも数多く、僕が踏み出さねばならないのは、まだ生きているからだ。でも僕にはまだどうやってその第一歩を踏み出してよいのか分からない。時には、その生きる道が灰白色の長い蛇のように、自らクネクネと僕に向かって来るかのようで、僕は待ち続け、待ち続け、近づくのを見つめているのだが、突然暗黒の中に消えてしまう。

早春の夜は、やはりそれほどに長い。ずっとぼんやり座り続けるうちに午前中に街頭で見た葬式を、そして葬列の前方には紙人形や紙の馬が並び、[12]後方には歌うかのような泣き声が続いていたことを思い出した。僕には今では彼らの賢さが理解できる——これはなんとお手軽で簡単なことだろうか。

しかし子君《ツーチュン》の葬儀はまたもや僕の目の前にあって、それは一人で空虚の重荷を背負い、灰白色の長い道を進むのだが、またしても即座に周囲の厳しい監督と冷酷な監視の中で消え失せてしまう。

僕はいわゆる死者の霊魂が本当にあり、いわゆる地獄が本当にあればと願っており、そうであれば、たとえ暴風が荒れ狂うとも、僕は子君《ツーチュン》を探し出し、彼女に向かって僕の悔恨と悲しみとを語り、彼女の許しを求めるか、さもなくば地獄の業火が僕を囲んで、激しく僕の悔恨と悲しみとを焼き尽くすことだろう。

僕は暴風と業火の中で子君《ツーチュン》を抱いて、彼女の寛容を乞い、あるいは彼女を歓ばすのだ……

しかし、これは新たに生きる道よりも更に空虚であり、今あるものと言えば早春の夜、それもやはりこんなに長い夜だけなのだ。僕は生きており、新たに生きる道に向かって歩み出すべきであり、その第一歩とは、僕の悔恨と悲しみとを書くことに過ぎない――それも子君《ツーチュン》のため、僕自身のために。

僕はなおも歌うかのような泣き声で、子君《ツーチュン》を葬送し、忘却のうちに葬るしかない。僕は忘却したい――僕は自分のために、そしてこの忘却で子君《ツーチュン》を葬送したことを二度と考えないために。

僕は新たに生きる道に向かって第一歩を踏み出さねばならず、僕は真実を深く心の傷の中に隠し、黙って進まなくてはならない――忘却と嘘とを僕の道案内にして……

一九二五年一〇月二一日了

---

12　死者の冥土への旅やその後の暮らしのため、墓前などで紙細工の従者や馬車などを焼く習慣がある。

# 故《こ》事《じ》新《しん》編《ぺん》

# 奔《ほん》月《げつ》——弓の名人の羿《げい》と月へ逃げたお后《きさき》の物語

## 一

賢い家畜はたしかに人の気持ちが分かるもので、お屋敷の大門が見えるや、馬はたちまち足取りをゆるめ、そのうえ背中の主人と同時に項垂《うなだ》れ、一足ごとに首を垂れるようすは、米搗《こめつ》きでもしているようだった。

夕もやがお屋敷を覆い、近所の家では竈《かまど》の煙が盛んにのぼっているのは、すでに夕食の時間だからだ。家来たちが馬蹄《ばてい》の音を聞きつけ、さっそく迎えに出て来て、門外で手を垂れピンッと立っている。羿《げい》[1]がゴミの山のところで怠《だる》そうに馬から下りたので、家来たちは手綱と鞭を受け取った。彼は大門を跨《また》ごうとする時、下を向き腰に下げた箙《えびら》いっぱいの真新しい矢と網の中の三羽の鴉《からす》と矢に射貫かれ砕かれた小さな雀《すずめ》を見て、ひどく気後れした。だが最後には面《つら》の皮を厚くして、大股で入って行ったので、箙《えびら》の中で矢がカシャカシャと音を立てた。

彼が中庭に入るや、円い窓からチラッとのぞいた嫦娥《じょうが》［古代伝説中の美女］の顔が見えた。彼女が目ざとくも、この数羽の鴉《からす》を見つけたに違いないと思い、彼は不覚にも驚いて、足も即座に止まってしまったが——それでも中に向かって歩かざるを得ない。腰元たち全員が迎えに出てきて、彼の弓と矢を受け取り、網袋をほどいた。彼には彼女らが苦笑しているような感じがしていた。

「女房殿……」彼は手と顔を拭うと、奥の部屋に入りながら、こう呼んだ。

円い窓から夕空を見ていた嫦娥《じょうが》は、ゆっくり振りかえると、怠そうに彼をチラッと見たが、返事をしない。

こんな事態に、羿《げい》は慣れて久しく、少なくとも一年以上になる。彼はいつものように近づくと、向かいの毛の抜けた古い豹皮《ひょうがわ》を敷いた寝椅子に座り、頭を掻きながら、しどろもどろに言った——

「今日もまた運がよくなく、やはり鴉だけで……」

「フン！」嫦娥《じょうが》は柳眉《りゅうび》を逆立てると、突然立ち上がり、風のように外に出て、ブツブツと「また鴉の炸醤麺《チャーチアンメン》[2]、また鴉の炸醤麺！　人に聞いてみてよ、どこの家で一年中鴉の肉の炸醤麺を食べてるって言うの？　なんでわたしが遠くまで来て、こんなところに嫁入りし、年がら年中炸醤麺を食べなきゃいけないのよ！」

「女房殿」羿《げい》も急いで立ち上がると、後を追いながら、小声で言った。「それでも今日はよいほう、ほかにも雀を一羽仕留めたから、おまえのために料理させよう。女辛《じょしん》！」彼は大声で腰元を呼んだ。「例の雀を持ってきて女房殿にお見せするんだ！」

獲物はすでに厨房に運ばれていたので、女辛《じょしん》は駆けて行き取ってくると、両手で捧げながら、嫦娥《じょうが》の目の前に差し出した。

1　中国古代の伝説中の弓の名人で、十個の太陽が出て地上が灼熱地獄になったので九つを射落とし人々を救ったという。夷羿《いげい》とも言う。

2　油でいためた肉入りの味噌をかけたゆで麵。味噌が誕生したのは漢代以後、今日風の麵が出現したのは宋代以後のことで、炸醤麺は現代の庶民的な食べ物である。ほかにも本作に登場する料理屋など外食産業が発達するのは唐代以後、現在のような麻雀が確立するのは一九世紀末のことである。魯迅はこのような現代風俗を古代神話的世界に登場させることで、一種の異化作用を楽しんでいるのであろう。

「フン！」彼女はチラッと見て、ゆっくり手を伸ばしてつまむと、不機嫌そうに言った。「グチャグチャだわ！　完璧につぶしちゃったの？　どこに肉があるのよ？」

「そうなんだ」羿《げい》はひどく恐縮した。「射つぶしてしまった。私の弓は強すぎ、鏃《やじり》は大きすぎるんだ」

「もっと小さい鏃は使えないの？」

「小さいのは持っていない。大猪《だいちょ》や大蛇《だいじゃ》を射止めた頃から……」[3]

「これが大猪大蛇なの？」彼女はそう言いながら、振り返って女辛《じょしん》に「スープに入れて！」と命じると、再び部屋に戻って行った。

羿《げい》だけがぼんやりと広間に残り、壁を背にして座り込み、厨房で薪が爆《は》ぜる音を聞いていた。昔の大猪が大きいことと言ったら、遠くから眺めると小山《こやま》のようだったことを思い出した——もしもあの時射殺《いころ》さずに、今まで生かしておけば、十分半年は食えたろう、毎日のおかずの心配も無用だったろう。それに大蛇、あれだって羹《あつもの》にして飲めたし……。

女乙《じょいつ》が来て灯りを点けたので、向かいの壁に掛かった赤い弓、赤い矢、黒い弓、黒い矢、弩弓《どきゅう》［機械仕掛けの弓］の引き金、長剣、短剣がすべて薄暗い灯火の中に立ち現れた。羿《げい》は一目見ると、項垂《うなだ》れてしまい、ため息をつくと、女辛《じょしん》が運んできて、真ん中の食卓に置いた晩ご飯を見るばかり――左側には麺が大碗五つ、右側には大碗二つに、スープひと碗、中央に大碗一つの鴉《からす》の肉で作った炸醤《チャーチアン》。

羿《げい》は炸醤麺を食べながら、自分でも確かに不味《まず》いと思い、そっと嫦娥《じょうが》を見ると、彼女は炸醤麺など見ようともせず、スープを麺にかけるだけ、それも半碗食べると、箸を置いてしまった。彼は彼女の顔が以前と比べてやつれていると思い、病気ではないかと心配になった。

一〇時頃になると、彼女もすこし落ち着いたようすで、ベッドの縁に座り黙って水を飲んだ。羿《げい》はそばの寝椅子に座り、毛の抜けた古い豹《ひょう》の皮を撫でていた。

「アーア」と彼は穏やかに言った。「この西山《せいざん》の斑《まだら》の豹も、私たちが結婚する前に射止めたもの、当時はとてもきれいで、全体が黄金《こがね》色に光っていた」。そして彼は当時食べ物といえば、熊は四つの掌だけを食べ、駱駝《らくだ》は瘤《こぶ》だけ［共に古来より珍味とされ

3　羿《げい》は、伝説上の理想的帝王である堯《ぎょう》の時代に、大猪・大蛇などの猛獣が現れ、民を苦しめていたのを弓で退治したと言われる。

る」を取り、あとはみな腰元や家来にくれていたことを思い出した。その後は大きい動物はすべて射尽くし、猪《いのしし》や兎《うさぎ》に雉《きじ》を食べたが、弓術に優れていたので、欲しいだけ獲物はとれた。「アーア」と彼は不覚にもため息を吐いた。「私の弓術があまりに絶妙なので、この一帯ではすべて射尽くしてしまった。当時はおかずに残るのは鴉《からす》だけなんて思いもしなかった……」

「フン」と嫦娥《じょうが》は微笑んだ。

「今日はこれでも運がよい方」と羿《げい》もうれしくなって言った。「なんと雀が一羽取れたんだ。これは一五キロも遠出してやっと見つけたんだ」

「もっと遠くまで行けないの」

「そうだ。女房殿。私もそう思うんだ。明日は少し早起きしよう。もし君が早く目覚めたら、私を起こしてくれ。さらに遠く二五キロを行き、麞《のろ》「小さなシカの一種」や兎を探してみよう。……しかし、やはり難しかろう。私が大猪や大蛇を射止めた頃は、野獣があれほどいたんだ。まだ覚えているだろう、君の母上の門前にいつも黒熊が出るので、私が呼ばれて何度も撃ちに行ったのを……」

「そう?」嫦娥《じょうが》はあまりよく覚えていないようである。

「今ではすべて射尽くしてしまうとは思いもしなかった。考えてみれば、将来はどう暮らせばよいのやら。私はね、大丈夫、例の道士がくれた金丹《きんたん》[4]を飲みさえすれば、天へと飛べるんだから。しかし私はまず君のことを考えねば……それで明日は少し遠くまで行くことに決めたんだ……」

「フン」嫦娥《じょうが》は水を飲み終え、ゆっくり横になると、目を閉じた。

油の残りの灯火が取れかけた化粧を照らすと、白粉は落ち、目の周りはやや土気色で、眉の黒さも左右異なるようすだ。ただ唇だけは相変わらず炎のように赤く、笑わないまでも、頬にはなおも小さなえくぼがある。

「アーア、こんな人に、私は一年中鴉の炸醬麺しか食べさせていないのだ……」。羿《げい》はこう思うと、恥ずかしさを覚え、両頬が耳のつけ根まで熱くなってきた。

4　仙人や道士が金石を砕き、練って作った不老不死の薬。羿《げい》が持っている金丹を飲むと、仙界まで飛翔できた。

## 二

一夜明けて翌日のこと。

羿《げい》はふと目を開けると、一筋の日光が斜めに西の壁に射しているのを見ただけで、時刻は早くはないことを知ったが、嫦娥《じょうが》を見ると、いつもどおり手足を広げて熟睡している。彼はそっと服を着ると、豹皮の寝椅子から降りて、膝をついて進み広間の前まで出ると、顔を洗いながら、女庚《じょこう》を呼んで王升《おうしょう》に馬の準備を命じさせた。

彼は多忙のため、とっくに朝食を廃止しており、女乙《じょいつ》が蒸餅《チョンピン》[5]を五個に葱《ねぎ》を五株と辛子味噌ひと包みを網袋に入れ、弓矢と一緒に彼の腰に掛けた。彼は腰帯をギュッと締めると、足取りも軽く広間の外に出て、ちょうど向かいから入ってきた女庚《じょこう》に告げた――

「私は今日は遠くまで食料を探しに行くので、帰りは少し遅いかもしれない。女房殿がお目覚めになり、朝食を召し上がり、機嫌が少しよくなったときに申し上げよ――夕食は少しお待ち下さい、大変申し訳ないことですが。分かったか？　大変申し訳ないことですが、と言うんだぞ」

彼ははや足で門を出ると、馬に跨《また》がり、立ち番の家来たちを背後に残し、サーッと村から走り出た。前方は毎日通い慣れた高粱《こうりゃん》畑で、彼が目もくれないのは、何もないことがとっくに分かっているからだ。さらに二、三度馬に鞭を当て、ひたすら遠くへと疾走し、一気に三〇キロほど駆けると、前方にこんもりとした林が見えてきたが、馬は息を切らせ、全身汗びっしょり、自然と歩みは遅くなる。さらに五、六キロ進むと、ようやく林に近づいたが、どこを見ても雀蜂《すずめばち》に、紋白蝶《もんしろちょう》、蟻《あり》、蝗《いなご》ばかりで、一つとして鳥や獣の気配はない。彼はこの新しい土地を望見したとき、少なくとも狐や兎の一匹二匹はいるだろうと思ったのだが、今にしてまたもや夢だったことを知ったのだ。彼が仕方なく林を迂回していくと、その先には緑の高粱畑があり、遠くに泥壁の小さな家が点在している。風も太陽も穏やかだが、鴉《からす》や雀の声がしない。

「なんてことだ！」彼はできるかぎりの大声を出して、鬱憤を晴らした。

だがさらに十数歩進むと、たちまち愉快になったのは、遠くの泥壁の家の空き地に、たしかに一羽の鳥が、一足ごとに何やら啄《ついば》んでおり、どうやら大きな鳩《はと》らしい。い

5　小麦粉を捏ねて発酵させ丸く伸ばし、あいだに油や塩を加えて蒸したもの。

そいで弓を取り矢をつがえ、満月のように弓を引いて、パッと手を放すと、その矢は流星のように飛んで行く。

躊躇《ちゅうちょ》は無用、いつも射れば必ず当たるのだから、馬を鞭打ち矢影を追って走れば、獲物が手に入るのだ。ところが彼がその近くへ行ってみると、老婆が矢の刺さった大鳩を両手で抱え、大声で怒鳴りながら、馬に向かって突進してきたのだ。

「あんたは誰だい？　なんで家《うち》で一番の黒雌鶏《めんどり》を射殺《いころ》したんだい？　あんたの手と来たらそんなに暇なのかい？……」

羿《げい》は思わずドキッとして、急いで馬を止めた。

「エエ！　鶏《にわとり》だって？　鳩だとばかり思っていました」と恐縮して言う。

「目ん玉あるんかい！　四十づらのいい歳してさ」

「はい。お婆さん。私は去年で四十五歳になりました[6]」

「まったく無駄に歳を取ったもんだよ！　雌鶏も分からんで、鳩と取り違えるとはね！　あんたはいったい何者なんだい？」

「私こそが夷羿《いげい》なのです」彼は自分の射た矢で、雌鶏がまさに心臓を射貫かれ、当然死んでいるのをチラと見て、名前の二文字を控え目に言いながら、馬から下りた。

「夷羿《いげい》？……誰だね？　あたしゃ知らん」老婆が彼の顔を見ながら、こう言った。

「人によっては聞けばすぐに分かります。堯《ぎょう》さまの時代に、私は何頭もの猪を射止め、何匹もの蛇を……」

「ハッハッ、ペテン師め！　それは逢蒙《ほうもう》[7]旦那様と他の者たちが手を組んで射殺《いころ》したもの。あるいはあんたもその中にいたかもしれんが、自分こそがやったと言うとは、なんて図々しいんだい！」

「オヤオヤ、お婆さん。逢蒙《ほうもう》という人は、この数年私のところにしょっちゅう出入りしているだけで、私は彼と手を組んだことなどなく、何の関わりもありません」

「嘘じゃ。この頃よく耳にするんだ、あたしはひと月で四、五回は聞いたよ」

---

6　「私は去年で四十五歳になりました」ほか「おまえが百余度通ってきたのも無駄なこと」（152頁）、「もしも老人を気取るのなら、それは思想的堕落」「旦那様は今でも戦士だと言う方もいます」「まさに芸術家のようにお見えの時もあります」（160頁）などの言葉は、本作執筆前の論争相手であった高長虹《カオチャンホン》（こうちょうこう、一八九八〜一九四九）の魯迅批判に基づく。詳細は解説を参照。
7　中国古代の伝説中の弓の名人で、羿《げい》から弓術を習ったという。

「じゃあ、そうしておこう。本題を話しましょう。この鶏はどうしますか？」

「弁償。これは家《うち》で一番の雌鶏で、毎日卵を産む。鋤《すき》二本に、糸巻の心棒三個を弁償せい」

「お婆さん、私の姿をご覧なさい、畑も耕さず機《はた》も織らず、鋤やら糸巻の心棒などありません。手元にはお金もなく、五個の蒸餅《チョンピン》、ただし白い小麦粉製、これであなたの鶏への弁償とし、さらに五株の葱《ねぎ》と甘口辛子味噌ひと包みも付けましょう。いかがでしょうか？……」彼は片手で網袋から蒸餅を取り出し、片手を鶏に伸ばした。

老婆は真っ白い小麦粉製の蒸餅を見ると、ちょっとその気になったものの、十五個欲しいと要求した。協議の結果、ようやく十個で合意し、明日正午までには送り届け、鶏を射た矢を担保とすることにした。羿《げい》はこの時やっと安心し、死んだ鶏を網袋に入れ、鞍に跨がると、馬の頭を転じて出発、腹ぺこだったものの、心が浮きたっていたのは、彼らは一年以上も鶏《とり》のスープなど飲んでいなかったからだ。

彼が林を回り道して出た時には、まだ午後だったので、大急ぎで馬に鞭を当てて家に向かったものの、馬が疲れてしまい、通い慣れた高粱畑の近くに着いたときには、すでに夕方だった。ふと前方遠くにチラッと人影が見えるや、続けて一本の矢が彼めがけて飛んできた。

羿《げい》は馬の手綱を引こうともせず、走るに任せながら、弓を取り矢をつがえ、ビュンッと放つと、カーンと音がして、鏃《やじり》の先が向かいの鏃の先と正面衝突、宙で火花を飛ばすと、二本の矢は「人」の字形に跳ね上がり、そして地上へと落ちた。一の矢同士が当たったかと思うと、双方ただちに二の矢が飛び、またもやカーンと鳴って、宙で正面衝突する。こうして九の矢まで射ると、羿《げい》の矢は尽きてしまったというように、目の前には逢蒙《ほうもう》が得意気に立ち、さらに一本の矢を弓につがえて羿《げい》の喉に狙いを定めているのがしかと見えた。

「ウヌッ、奴はとっくに海へ魚釣りに行ったと思っていたが、まだこんなところにおって、こんな真似をするとは、あの婆さんがあんなことを言うのも無理からぬ……」と羿《げい》は考えた。

その間にも、前方の弓は満月のごとく、矢は流星のごとし。ヒュッと一声《いっせい》、羿《げい》の喉めがけて飛んできた。あるいは狙いがわずかに狂ったか、彼の口へと的中、羿《げい》はもんどりうって、矢もろともに落馬、馬もその場に止まった。

逢蒙《ほうもう》は羿《げい》がすでに死んだと見てとり、ゆっくりにじりよると、かすかに笑いながら死に顔を見て、勝利の白酒《パイチウ》[8]を一杯飲んだ気分に浸ろうとした。目を据えてよく見ようとした瞬間、カッと羿《げい》が目を開いたかと思うと、突然上半身を起こした。

「おまえが百余度《ひやくよたび》通ってきたのも無駄なこと」と彼は矢を吐き出しながら、笑って言った。「私の〝鏃嚙《やじり》みの術〟も知らんのか？　困ったもんだ。おまえのこんな小細工など通じるものか、盗んだ拳《こぶし》で拳の主は倒せない、自ら技を磨きたまえ」

「すなわち其《そ》の人の道《みち》を以《もつ》て、これを其の人の身に返す……」[9]勝った側が低い声で言った。

「ハハハッ！」羿《げい》は笑いながら、立ち上がった。「またもや経典からの引用かね。だがそんな言葉で騙せるのは婆さんくらいのもの、本人を前にして何の悪巧みだ？　わしは狩猟一筋でやって来たんであって、おまえのような追いはぎ稼業などしたことはない……」彼はそう言いながら、またもや網の中の雌鶏を見たが、潰れてはいなかったので、馬に跨がると、そのまま立ち去った。

「……あんたは弔いの鐘を鳴らしたんだ！……」遠くからなおも罵声が聞こえてきた。

「これほどどうしようもない奴とは思わなかった。若いうちから、呪いの言葉だけは身につけおって、あの婆さんが奴の言葉を信じてしまうのも無理からぬこと」羿《げい》はこう思うと、思わず馬上で絶望して首を左右に振った。

## 三

まだ高粱《こうりゃん》畑を通り過ぎてはいなかったが、空はすでに暗くなり、藍色の空には星が現れ、長庚《ちょうこう》［金星のこと］は西方で目立って輝いている。幸いにも月が空の果てからしだいに白銀《はくぎん》の光を放ちはじめた。

「まったく！」羿《げい》は自分のお腹がグーグー鳴るのを聞いて、馬上で焦ってきた。「その日の糧《かて》にも困っているところに、つまらぬことに巻き込まれ、時間を無駄にした！」彼は両足で馬の腹を蹴り、早く進めと催促したが、馬は後半身を捩《よじ》っただけで、

8　高粱などの穀物を原料とする、北方の約五〇度の蒸留酒。

9　「相手のやり方で相手に返す」という意味。魯迅はエッセー「『フェアプレー』には早すぎる」などで、同様の言葉「其の人の道を以て、其の人の身を治む（『中庸』第十三章の朱熹の註にある言葉）」を「目には目を」の意味で用いている。

相変わらずノロノロ歩くのだった。

「嫦娥《じょうが》はきっと怒っていることだろう、今日はこんなに遅くなってしまって」と彼は考えた。「どんな顔をして見せることだろう。だが幸いにも若い雌鶏があるからの、彼女も機嫌を直してくれることだろう。私はこう言えばいいのだ——女房殿、これは私が往復二〇〇キロも走り回ってようやく探し当てたのだ。いや、まずい、こんな言い方ではあまりに自慢げだ」

人家の灯火が前方に見えて来ると、彼はうれしくなってそれ以上考えようとはしなかった。馬も鞭打たれるのを待つことなく、当然駆け足となる。丸くて真っ白な月が、前途を照らしており、涼しい風が頰を撫でるとは、まことに大猟での帰りよりいっそう趣きがある。

馬が当たり前のようにゴミの山のところで止まったものの、羿《げい》が一目で、異常を感じたのは、なぜか家の中が雑然としていたからである。迎えに出てきたのも趙富《ちょうふ》一人であった。

「どうした？　王升《おうしょう》は？」彼は不思議そうに訊ねた。

「王升《おうしょう》は姚《よう》家に奥さまを探しに行きました」

「何？　女房殿は姚《よう》家に行ったのか？」羿《げい》はぼんやりと馬上に座ったまま、訊ねた。

「ヘイ……」趙富《ちょうふ》は返事をしながら、手綱と鞭を受け取ろうと進み出た。

そこで羿《げい》もようやく馬から下りて、門をくぐったが、ちょっと考えて、振り向いてこう訊ねた。

「待ちきれなくて、自分で料理屋へ行ったんじゃないのか？」

「ヘイ。料理屋には三軒とも、手前が聞きに行きましたが、いらっしゃいませんでした」

羿《げい》は俯《うつむ》いて、考えていたが、中に入ると、三人の腰元が困ったようすで広間の前に集まっていた。それで彼は驚いて、大声で訊ねた——

「おまえたちはみな家にいたのか？　姚《よう》家には、女房殿はこれまで一人では行かないことになっていたのではなかったか？」

彼女たちは答えず、ただ彼の顔を見るばかりだったが、すぐに近づいて弓袋と箙《えびら》と若い雌鶏を入れた網袋を解いた。羿《げい》が突然恐ろしくなったのは、嫦娥《じょうが》が怒りのあまり短気を起こしたと思ったからで、女庚《じょこう》に趙富《ちょうふ》を呼んで来させ、彼に裏庭の池の中やら木の枝の見回りを命じようと思ったのだ。だが彼は部屋に入るや、この憶測が正しくないと知った――部屋もひどく乱れていて、衣装箱は開けっ放しで、ベッドを見ると、まず宝石箱がなくなっているのに気づいたのだ。彼がこの時まさに頭から冷や水を浴びせられたかのようにゾクッとしたのは、黄金珠玉はもちろんどうでもいいのだが、例の道士が彼にくれた仙薬も、その宝石箱に入れてあったからである。

羿《げい》は室内を二、三周グルグル歩き回ってから、ようやく王升《おうしょう》がドアの外に立っているのに気づいた。

「旦那様に申しあげます」と王升《おうしょう》が言った。「奥さまは姚《よう》家には行ってらっしゃいませんし、あちらでも今日は麻雀はなさりません」

羿《げい》は彼を一瞥したが、黙っていた。そこで王升《おうしょう》は下がった。

「旦那様お呼びですか?……」趙富《ちょうふ》がやってきて訊ねた。

羿《げい》は首を横に振り、さらに手をひと振りして、下がらせた。

羿《げい》は再び室内を二、三周グルグル歩き回ってから、広間の前に行き、腰を下ろして、向かいの壁の赤い弓、赤い矢、黒い弓、黒い矢、弩弓《どきゅう》の引き金、長剣、短剣を見ながら、しばらく考えていたが、下手《しもて》でぼんやりと立っていた腰元たちに向かって訊ねた。

「女房殿の姿が見えなくなったのはいつからだ?」

「灯りに火をつけたころにはお見かけしませんでしたが」と女乙《じょいつ》が言った。「誰も奥さまがお出かけになるのを見ておりません」

「おまえたちは女房殿があの箱の中の薬を飲むのを見たか?」

「それは見てはおりません。でも奥さまが午後に水を飲みたいからと私に汲んでくるようにとはおっしゃいました」

羿《げい》が急に立ち上がったのは、自分一人が地上に取り残されたように、彼には思われたからだ。

「おまえたちは何かが空に向かって飛んで行くのを見なかったか?」彼が訊ねた。

「あっ!」女辛《じょしん》はしばらく考えたのち、悟りを開いたかのように言った。「わたしが灯りに火をつけに行った時、たしかに黒い影があちらの方へ飛んで行くのをはっきり見たのですが、その時にはまさか奥さまとは思わず……」彼女の顔色は真っ青になった。

「きっとそれだ!」羿《げい》は膝を叩くと、すっくと立ち上がり、部屋の外へと飛び出すと、振り向いて女辛《じょしん》に、「どの辺だ?」と訊ねた。

女辛《じょしん》が指さす先を、彼が目で追っていくと、そこには真っ白な満月が一輪、空に懸かっているばかり、その中にはぼんやりと高楼や樹木が見える——彼がまだ子供だった時、祖母が話してくれた月の宮殿の美景を、彼はかすかに思い出していた。紺碧の海に浮かぶかのような月と向きあっていると、自分の身体がひどく重く感じる。

彼は突然怒りだした。怒りから再び殺気を発し、大声で腰元たちに向かって怒鳴った——

「私の陽射《ひ》ちの弓を持ってこい！　それに矢を三本！」

女辛《じょしん》と女庚《じょこう》が広間の中央から、例の強大な弓を下ろすと、埃を払い、さらに三本の長い矢と共に彼の手に渡した。

彼は片手で弓を握ると、もう一方の手で三本の矢を摑み、ひとまとめにつがえると、満月のように弓を引き、月に相対した。身体は岩のようにピンッと立ち、眼光は一直線に放たれて、らんらんと輝き、鬚と髪とは風にザンバラに吹かれて、黒い炎のよう、この一瞬、往年太陽を射た彼の雄姿が彷彿とした。

ビュンッと一声《いっせい》——一声《いっせい》だけで、すでに三本の矢が連射され、射てはつがえ、つがえては射て、目にも止まらぬ早業に、耳でさえも音を聞きわけられない。本来的《まと》は三本の矢を受けるのだが、すべて一カ所に集中するからには、矢に矢が突き立ち、髪ひと筋ほどの狂いもない。だが彼は必中を期して、この時にはわずかに手を動かし、矢の到達時には三点に分かれ、三カ所の傷ができるようにした。

腰元たちがワッと歓声を上げたのは、月がぶるっと震えるのを見て、墜ちて来るのだろうと思ったからだが——意外になおも安らかに天に懸かったままで、喜びのさらに大いなる輝きを発しており、何の傷も受けてはいないようすである。

「エイサーッ！」羿《げい》は天を仰ぎ大声で一喝してから、しばらく見ていたが、月は彼を相手にしない。彼が前に三歩進めば、月は三歩退き、彼が三歩退けば、月も同じ歩数前進するのだ。

みなは押し黙って、互いに顔を見合っていた。

羿《げい》は怠《だる》そうに陽射《ひう》ちの弓を広間の入口に立て掛けると、室内に入って行った。こうして腰元たちもみな彼のあとに従うことになる。

「ああ」と羿《げい》は座って、ため息をつくと、「そうすると、おまえたちの奥さまは永遠にひとりでお楽しみというわけか。彼女は無慈悲にもついに私を置いて自分だけ飛んで行ったのか？　私が老けてきたからではないだろうな。彼女は先月こうも言っていた——年取ってもいないのに、もしも老人を気取るのなら、それは思想的堕落」

「そんなはずはありません」女乙《じょいつ》が言う——「旦那様は今でも戦士だと言う方もいます」

「まさに芸術家のようにお見えの時もあります」と女辛《じょしん》が言う。

「アホらしい！——とはいえ鴉《からす》の炸醬麵《チャーチアンメン》は確かに美味《おい》しいとは言えず、彼女にとって耐えがたいものだったのは無理もない……」

「例の豹皮の脱毛したところは、私が壁側の足の皮をちょっと切り、直しておきましょう、とてもみっともないので」女辛《じょしん》は部屋の方へ行きかけた。

「しばし待て」と羿《げい》は言うと、しばらく考えた。「それは急ぐに及ばぬ。私はひどく腹ペコだから、急いで鶏の唐辛子煮を作り、烙餅《ラオピン》[10]を三キロ焼いてくれ、食べたらグッスリ眠れるようにな。明日には例の道士を再訪して仙薬を一服所望し、それを飲んで追いかけるとしよう。女庚《じょこう》、おまえは王升《おうしょう》に命じ、白大豆四升を出して馬に食べさせるんだ」

一九二六年一二月作

10 小麦粉を捏ねて発酵させ丸く伸ばして焼いたもの。

# 鋳《ちゅう》剣《けん》——眉間尺《みけんじゃく》少年と黒い男の復讐の物語

## 一

眉間尺《みけんじゃく》が母と床に就《つ》くとすぐに、鼠《ねずみ》が出てきて鍋の蓋をかじるので、彼にはうるさくてたまらない。シッシッと小声で追い払うのも、最初は多少効き目があったが、しばらくすると鼠はまったく気にしなくなり、ガリガリと好き放題にかじっている。彼が大声を出して追い払うわけにもいかないのは、昼間の仕事で疲れ切って、夜は横になるやすぐに寝入ってしまう母を起こしてはいけないと思うからだ。

かなりの時間が過ぎると、静かになったので、彼も眠ろうと思った。と突然、ボトンと音がするので、ハッと再び目を開けた。同時にカリカリという音が聞こえるのは、爪で素焼きの甕《かめ》を引っ掻く音だ。

「やった！　こん畜生！」と思って、心中大喜びしながら、彼はサッと起き出した。

彼は寝床から下りると、月明かりを頼りに戸口の陰まで歩き、火打ち道具を探りあてると、松明《たいまつ》に火を点し、水甕の中を照らした。やはり、大きな鼠がその中に落ちているが、汲みおきもすでにわずかだったので、這い出せず、水甕の内壁沿いに、爪をたてて、ぐるぐると回るばかりである。

「ざまあ見ろ！」毎晩家具をかじって、大騒ぎしては安眠の邪魔をしていたのがこいつらだったのだと思うと、大変愉快だった。彼は松明を土壁の穴に挿し、じっくりと見物することにしたのだが、あの丸く見開いた小さな目に、彼は再び憎しみを覚え、手を伸ばして乾した葦《あし》を一本抜き取ると、これで鼠を押さえつけて水底まで沈めた。しばらくしてから、手をゆるめてみると、鼠もあとについて浮かび上がり、あいかわらず壁に爪をたててぐるぐると回る。さすがに引っ掻く力は前ほど強くなく、両目も水面下に没し、ただチョンと尖った真っ赤な小鼻を突き出し、チューチューと荒く息をしている。

彼は最近赤鼻の人がひどく嫌いになっていた。だがこうして尖った小さな赤鼻を眺めていると、突然憐れに思われて、乾した葦を鼠《ねずみ》の腹の下まで差し出してやると、鼠はこれにつかまり、一息つくや、葦の茎づたいに這い上がって来た。びしょ濡れの黒い毛、大きな腹、ミミズのような尻尾――全身が露《あらわ》に見えてくると、やはりひどく憎らしいと思い直し、急いで葦を揺らしたので、ボチャン、と鼠は再び水甕の中に落ち、彼は続けて葦で頭を何度もこづき、早く沈めてしまおうとした。

松明を換えること六度ののちには、鼠も動きをやめていたが、水の中を浮き沈みしながら、ときどき水面に向けかすかに跳ねた。眉間尺《みけんじゃく》はまたもや憐れに思い、葦を折って、なんとか鼠を挟み上げ、地面に置いた。鼠ははじめ微動だにしなかったものの、やがてかすかに呼吸を始め、さらにしばらく経つと、四本足が動いたかと思うとパッと起き直り、逃げ出すような構えを見せた。これには眉間尺《みけんじゃく》もひどく驚き、思わず左足を挙げるや、一気に踏みつぶした。チュウッとひと声上がっただけだったので、彼がしゃがんでよく見ると、口許《くちもと》からわずかに赤い血が流れており、おそらく死んでしまったのだろう。

彼はまたもやひどく憐れに思い、自分がひどい事をしたかのようで、とても辛かった。彼はしゃがんで、ぼんやり見つめたまま、立ち上がれなかった。

「尺《しゃく》ちゃん、何をしているの？」母はすでに目を醒ましており、寝床の中から訊ねた。

「鼠が……」彼は慌てて立ち上がり、向き直ったものの、このひと言しか答えなかった。

「そう、鼠。それは分かっています。けれどおまえは何をしておいでなの。鼠を殺すの、それとも助けるの？」

彼は答えなかった。松明は燃えつき、彼が黙然《もくぜん》と暗闇の中に立っていると、白い美しい月光が見えてきた。

「ああ」と母は嘆息して言った。「子《ね》の刻を回り日が変われば、おまえは十六におなりというのに、まだそんな気性で、煮え切らないところは、まるで変わっちゃいない。これでは、父上の敵《かたき》など討てやしない」

彼には灰白色の月光に照らされて座る母が、体も震わせているように見え、そのつぶやく声は、無限の悲しみを帯びており、彼は身の毛がよだつ思いがしたが、次の瞬間、全身の血が突如沸き返るのを感じていた。

「父上の敵？　父上にはどんな敵がいるんです？」彼は二歩三歩進み出て、驚いて訊ねた。

「いるのです。しかもおまえに討ってもらいたい敵《かたき》が。とうに話しておきたかったのですが、おまえがまだ小さいので、黙っておりました。今や成人となったというのに、まだそんな気性。これではわたしはどうしてよいものやら。おまえのような気性で、大事を成就できますか」

「できます。聞かせて下さい、母上。きっぱりと改めますから……」

「当たりまえです。わたしとて話すしかない。きっと気性を改めるのですよ……。さあ、いらっしゃい」

彼がそばに寄ると、母は寝床の上に姿勢を正して座り、ほの暗い月明かりの中で、両目からキラキラと光を放っている。

「お聞きなさい！」と彼女は重々しく言った。「おまえの父上はもとは刀剣づくりの名匠、天下第一のお人でした。お道具は、食べていくためにとっくに売り払ってしまい、今ではその名残りすらありませんが、父上は天下無双の剣の名匠だったのです。二十年前のこと、王妃が鉄の塊を生んだのは、鉄の柱を抱いたのち身ごもったからとのことですが、それは真っ青に透き通った鉄でした。大王はこれが不思議な宝と知り、ひと振りの剣を造り、これで国を守り、これで敵《てき》を殺し、これでわが身を護《まも》ろうと決めたのです。悪いことにおまえの父上がその役を仰せつかってしまい、鉄を押し戴《いただ》いて家に戻ると、昼となく夜となく鍛えに鍛え、まる三年というもの全精力を注いで、ふた振りの剣を造ったのです。

最後の炉を開いた日には、何という驚くべき光景だったことでしょう。ゴオーッと白煙が湧き上がるや、大地まで揺らいだかのようでした。白煙は中空で白雲に変じ、あたり一面を覆うや、しだいに深紅の色を帯び、すべての物を桃の花のように染めたのです。わが家の漆黒の炉の内には、ふた振りの真っ赤な剣が並んでおりました。父上が朝一番に汲んだ井戸水を一滴一滴たらしますと、剣はシュウシュウと唸りながら、しだいに青に変じていったのです。こうして七日七晩、剣は見えなくなったけれど、よく見ると、ちゃんと炉の中にある、真っ青に、透き通り、まるで二本の氷塊のよう。

大歓喜の光が、父上の両目から発せられ、父上は剣を取り上げると、拭《ぬぐ》っては拭い、拭っては拭いをし続けました。しかしながら痛ましくも、眉や口許には深い皺が刻まれているのです。そしてふた振りの剣を各々別の箱に収めたのです。

『おまえもこの数日来のありさまを見れば、誰もが剣の仕上がりを知った、と察しがつくだろう』と父上はひっそりと申されました。『明日になれば、俺は大王の許《もと》に献上に行かねばならない。だが献上の日こそ、俺の命の尽きる日だ。これが永《なが》の別れとなることだろうよ』

『あなた……』わたしは驚きのあまり、父上のお気持ちも分からず、言葉を失ってしまいました。『あなたはこのたびこれほどのお手柄を立てたというのに……』とやっとの思いで申しました。

『ああ、おまえに何が分かろう』と父上は言うのです。『大王はかねてから疑り深く、極めて残忍。このたび俺が天下無双の剣を造ったとあれば、必ずや俺を殺して、この剣に匹敵し、さらにはこの剣に勝る剣を、他の者のために造ることが無いようにするに違いない』。わたしは涙を流しました。

『悲しむことはない。これは逃れようのないこと。涙では決して運命を洗い流せない。だが俺はとうにこうして用意していたのだ』。突然、目から稲妻のような光を発すると、父上は剣を収めた一方の箱をわたしの膝に置きました。『これは雄剣《ゆうけん》だ』と言うのです。『しまっておけ。明日、俺は雌剣《しけん》だけもって大王に献上に行く。ひとたび去って二度と帰らぬときは、それはもうこの世におらぬということだ。おまえは五、六カ月の身重であったな。悲しむことはない、息子が生まれたら、しっかりと育てるのだ。そして成人したときに、おまえは息子にこの雄剣を渡し、大王の首に切りつけさせ、俺の復讐とするのだ』」

「その日父上はお帰りになりましたか」眉間尺《みけんじゃく》はすかさず訊ねた。

「お帰りになりませんでした！」と母は静かに言う。「あちらこちらと訊ねてはみたものの、何の手がかりも得られませんでした。その後、人の噂で知ったことには、最初に父上のお造りになった剣により血祭りに上げられた人が、なんとご自身——父上だったとのこと。しかも父上の霊の祟《たた》りを恐れ、胴と首とを別々に表門と裏庭に埋めたのです！」

眉間尺《みけんじゃく》は突然全身が烈火のごとく燃え上がり、髪の一筋一筋が火花を散らしているかのように感じられた。左右の拳は固く結ばれ、闇の中でゴリゴリと音を立てていた。

母は立ち上がると、枕元の板をとり除き、寝床から下りて松明に火を点し、戸口の陰から鍬《くわ》を取り上げると、眉間尺《みけんじゃく》に手渡して言った。「掘ってごらん」

眉間尺《みけんじゃく》は心を踊らせながらも、慎重に一鍬一鍬《ひとくわひとくわ》そうっと掘った。出てくるのは黄土ばかりだが、一メートル半も掘ると土の色が少し変わったのは、腐った材木のためのようだ。

「さあ！　気を付けて！」と母が言う。

眉間尺《みけんじゃく》は掘った穴の傍《かたわ》らで腹這いになり、中へと手を伸ばし、細心の注意を払いながら腐った木を取り除いていたが、指先がヒヤッとして、氷雪に触れたように感じたとき、あの純青透明の剣が現れたのであった。彼は剣の柄《つか》の位置を見定めると、これを握り、取り出した。

窓外の星と月そして屋内の松明もにわかに輝きを失ったごとく、剣の青い光ばかりが世界に満ち満ちた。すると剣はこの青い光に溶けこんで、姿形も消え失せたかのようだった。眉間尺《みけんじゃく》が両目を凝らし注視していると、ようやく長さ一メートル半の剣が見えるかのよう、刃は特に鋭利には見えず、むしろその丸みを帯びた剣先は、ちょうど韮《にら》の葉のようであった。

「おまえはこれから煮え切らない気性を改め、この剣で復讐に行かねばなりません！」と母は言う。

「僕は煮え切らない気性をすでに改めましたので、この剣で必ず復讐してきます！」

「是非そうして欲しいもの。おまえが青い服を着て、この剣を背負えば、服も剣も同じ色、誰にも見分けがつきません。ここに服はすでに作ってあるから、夜が明けたら旅立ちなさい。わたしのことは心配無用です」母は寝床の奥の壊れかけた衣装箱を指し、こう言うのであった。

眉間尺《みけんじゃく》が真新しい服を取り出し、試しに着てみると、身体にピッタリと合った。そこで彼は服を畳み直し、剣を包み、枕元に置くと、静かに横になった。自分は煮え切らぬ気性をすでに改めたのだ、と彼は思い、何の心配も無いかのごとく、目をつぶってそのまま寝つき、夜が明ければ目を醒まし、普段とまったく変わらぬ態度で、従容として不倶戴天《ふぐたいてん》の敵《かたき》を討ちに行かん、と決意した。

だが眠れない。彼は寝返りを打つたびに、起き上がろうかと思った。母が失望のあまりかすかに長い溜め息を洩らすのが聞こえた。彼は一番鶏の声を聞くと、すでに子《ね》の刻を回り、自分が十六の歳を迎えたことを知った。

二

眉間尺《みけんじゃく》が目を腫らせ、後ろも振り返らずに門を出て、青服の上には、青剣を背負い、足取りも大股に、城内［城壁で囲まれた都］めざし飛び出したとき、東の空にはまだ一筋の陽の光も差してはいなかった。杉林の一つ一つの杉の葉先には、露の玉が掛かり、その中には夜気が隠されていた。しかし、林の切れるあたりに行きつくころには、露の玉はさまざまな色に輝きはじめ、しだいに夜明けの色へと変わっていた。前方遥かに見渡せば、薄黒い城壁と姫垣［城壁上部の歯形の壁］がかすかに見える。

葱《ねぎ》を担いだ野菜売りたちにまぎれ城内に入ると、市街はすでに大勢の人出であった。男たちは行列を作ってぼんやりと立ち、女たちはしょっちゅう戸の陰から顔を出す。彼女らのほとんどは腫れぼったい目に、乱れたままの髪、土気色の顔をしており、化粧する暇もなかったと見える。

眉間尺《みけんじゃく》は一大変事の訪れを予感し、男も女もじりじりしながら辛抱強くこの一大変事を待っているのだ。

彼がかまわず進むと、男の子が急に走ってきて、背中の剣に当たりそうになったので、驚きのあまり彼の全身には冷や汗が吹き出た。北へ折れると、王宮の近くとなり、身動きできぬほどの人込みで、皆が首を伸ばしていた。群衆の中からは女や子供の泣き叫ぶ声もあがっている。彼は目に見えぬ雄剣《ゆうけん》が人を傷つけてはいけないと思い、立ちすくんでしまったが、後ろからさらに人々が押し寄せて来る。彼はおとなしく場所を譲らざるをえず、目の前には首を伸ばした群衆の背中が見えるだけであった。

突然、前方の人たちが次々にひざまずくと、遠くから二頭の馬が並んで走ってきた。続けて棍棒、矛《ほこ》、刀、弓と弩《いしゆみ》、旗さしものを持った軍人が、道いっぱいに黄塵を舞い上げて歩いてくる。さらに四頭立て大型馬車が続き、その上には一団の者が乗っており、ある者は鐘や太鼓を叩き、ある者は名もしれぬ怪しげなものを口にくわえて吹いていた。その次も馬車で、車中の者たちは絵柄の服［高い身分を示す］を着て、爺さんでなければ、背が低く小太りで、どの顔もいっぱいに油汗を浮かべている。続けて再び刀や槍や剣や戟《ほこ》を持った軍人の一団。するとひざまずいていた人々が平伏した。このとき黄色い天蓋つきの大型馬車が一両走って来たので、眉間尺《みけんじゃく》は中央に絵柄の服を着た、ごま塩髭の、小さな顔の肥満体が座っているのを見ると共に、腰に自分の背にあるのと同じ青剣を下げているのも一瞬だが見届けた。

彼は思わず全身がゾクッとしたが、すぐにカッと熱くなり、猛火に焼かれているかのようだった。彼は手を肩に伸ばし剣の柄を握りながら、ぐいと立ち上がり、平伏している人々の首と首との間隙を縫って飛び出した。

だがわずか五、六歩進むと、彼がもんどり打って倒れたのは、誰かが突然彼の片足をつかんだからだ。この時あいにく顔の痩せこけた若者の身体の上に倒れてしまい、剣の切っ先で若者にけがをさせたのではないかと心配し、はっとして起き上がって見たときに、脇腹に痛烈なパンチを二つ食らった。それは放っておいて、再び大通りを眺めれば、黄天蓋の馬車が通り過ぎていったばかりか、警護の騎兵も遠くに走り去ったあとだった。

道ばたの人々も皆立ち上がる。顔の痩せこけた若者はそれでも眉間尺《みけんじゃく》のえり首をしっかりつかんで、その手を放そうとせず、大事な丹田［臍下三寸にあるツボ］を押しつぶされた、八十歳になる前に死んだら、命で償うと保証せよ、と言うのだ。閑人《ひまじん》どもがたちまち二人を取り囲み、ぼんやり眺めるのだが、口をきく者とておらず、そのうち脇から野次を飛ばす者も出てきたが、顔の痩せこけた若者に加勢するものばかりだった。眉間尺《みけんじゃく》はこんな敵に遭遇して、まったく怒るに怒れず、笑うに笑えず、ただアホらしく思うばかりだが、この場から脱け出すこともできない。粟《あわ》の一鍋も炊きあがるほどの時が過ぎ、眉間尺《みけんじゃく》はジリジリと焦るあまり全身から火を噴きそうだったが、見物人は減る気配もなく、あいかわらず興味津津といったようすである。

前方の人だかりが揺れ動き、黒い男が分け入って来ると、黒髭黒眼で、鉄のように痩せている。彼はものも言わず、眉間尺《みけんじゃく》に向かって冷たく笑うと、片手で顔の痩せこけた若者のあごを軽く払った上、黒い顔をジッと見つめた。若者も見返したものの、思わず手の力が抜け、コソコソと立ち去ると、黒い男も立ち去り、見物人も退屈そうに散って行った。それでも数人が残ってなおも眉間尺《みけんじゃく》の歳や、住所、家に姉さんがいるかなどときいてきた。眉間尺《みけんじゃく》はこの連中をすべて無視した。

彼は南へ向かって歩きながら、城内の人通りがこんなに多くては、まちがえて他人を傷つけてしまう、南門の城外で王の帰りを待ち、父の復讐を遂げるのがよかろう、あのあたりは広々として人も少なく、思う存分の振舞いができよう、と心中考えていた。このとき全城を挙げて国王のお出かけや、立派な儀仗《ぎじょう》だの、威厳があるだの、自分は国王を拝顔できて光栄だの、はてはあれほど頭の低い土下座をしたからには、国民の模範とされるべき等々と議論しており、蜜蜂の参謁式のようだった。南門に近づくと、この騒ぎもしだいに静まった。

　彼は城外に出ると、大きな桑の木の下に座り、饅頭《マントウ》［蒸しパン］を二つ取り出して飢えを凌《しの》ぐと、食べるうちにも突然母のことが思い出され、思わず目頭が熱くなったが、その後は何ともなかった。あたりはしだいに静まりかえり、自分の息づかいまで聞き分けられるほどになった。

　空が暗くなるにつれ、彼の不安も増し、目を見開いて前方を見ても、国王の戻ってくる気配もない。城内へ野菜を売りに行った村人が、一人一人空《から》の天びん棒をかついで城門を出ると家路をたどっていく。

　長いこと人通りが絶えていたが、突然城内から例の黒い男が飛び出してきた。

「逃げろ、眉間尺《みけんじゃく》！　国王が追っている！」と言う声はふくろうのようだった。

　眉間尺《みけんじゃく》は全身が一瞬震えたが、取り憑かれたように、すぐに彼に付いて歩き出し、やがて飛ぶように走った。立ち止まって長いこと荒い息をついて初めて、杉林の入口まで来ていたことに気づいた。後方はるかに銀白色の縞が現れているのは、そのあたりにすでに月が姿を現していたからで、前方には黒い男の鬼火のように光る両目があるばかり。

「あなたはどうして僕を知ってるの……」少年は恐れ驚きながら訊ねた。

「ハッハッ、俺はおまえを前から知っている」男の声が語りはじめた。「俺はおまえが雄剣を背負い、父の敵《かたき》を討とうとしていることも知っており、敵を討てぬことも知っている。敵を討てぬどころか、今日すでに密告する者がおり、おまえの敵はとっくに東門から宮殿に戻り、おまえを逮捕せよと命じたのだ」

眉間尺《みけんじゃく》は思わず不安になった。

「オヤオヤ、母の溜め息も無理からぬこと」と男は低くつぶやいた。

「だが彼女もすべては知らぬ。俺がおまえのために復讐することを知らぬ」

「あなたが？　僕のために復讐するのですか、正義の士よ？」

「オイッ、そんなひどい呼び方をするな」

「それでは、母一人子一人のぼくたちに同情して……？」

「オイ、少年よ、そんな汚れた呼び名を二度とつかうんじゃない」彼は冷ややかに言った。「正義、同情、こういうものは、昔は清いものであったが、今やあくどい金貸しの元手になってしまった。俺の胸にはおまえの言うようなものは何もない。俺はおまえのために復讐したいだけなのだ！」

「わかりました。でもどうやって僕のために復讐するのですか」

「おまえが二つの物を寄こしさえすればよい」二つの鬼火の下で声がした。「二つの物とは？　よく聞け、一つはおまえの剣、もう一つはおまえの首だ！」

眉間尺《みけんじゃく》はふしぎに思い、少しは疑ったが、驚きはしなかった。彼はしばらく口をきけなかった。

「おまえの命と宝が俺に騙し取られるなどと疑うなよ」闇の中の声が再び冷たく言う。「これはすべておまえ次第だ。おまえが信じるなら、俺は復讐に行くが、信じないのなら、行かぬ」

「でもどうして僕のために復讐するのです？　あなたは父とはお知り合いなのですか？」

「ずうっとおまえの父を知っているのは、ずうっとおまえを知っているのと同じこと。だが俺が復讐するのは、そのためではない。賢い少年よ、話してやろう。おまえにはまだ分からんか、俺がどれほど復讐に長《た》けているかが。おまえのものは俺のもの、彼というのもまた俺のこと。俺の魂にはこれほど多くの、他人と自分がつけた傷があり、俺はもう俺自身を憎んでいるのだ！」

闇の中の声が止むや否や、眉間尺《みけんじゃく》が腕を伸ばして背中の青い剣を抜き、そのまま盆の窪《くぼ》に当て斬りつけたので、首は青苔の生えた地の上に落ち、同時に剣は黒い男に差し出された。

「ホッホッ！」彼は片手で剣を受け、片手で眉間尺《みけんじゃく》の髪をつかみ、その首を取り上げると、その死んでしまった熱い唇に向かい、二度口づけをし、さらに冷たく甲高く笑った。

笑い声がすぐさま杉林の中に広がると、声に合わせて林の奥では一群の目玉が鬼火のように光り、たちどころに近づいて来るや、ゼーゼーという飢えた狼の激しい息となって聞こえてきた。一口目で眉間尺《みけんじゃく》の青服が切り裂かれ、二口目で身体がすべて消え失せ、血のあともたちまち舐め尽くされ、あとにはガリガリと骨を嚙みくだく音がかすかに聞こえるばかりであった。

先頭に立つ一匹の大狼が黒い男に襲いかかった。彼が青剣を一振りするや、狼の首は青苔の生えた地の上に落ちた。ほかの狼たちにより一口目でその皮が切り裂かれ、二口目で身体がすべて消え失せ、血のあともたちまち舐め尽くされ、あとにはガリガリと骨を嚙みくだく音がかすかに聞こえるばかりであった。

彼はすでに地の上の青い服を引き寄せており、眉間尺《みけんじゃく》の首を包み、青剣と一緒に背負うと、身を翻《ひるがえ》し、闇の中を悠然と王城に向かい立ち去った。

狼どもは立ち尽くし、肩をそびやかし、舌を出して、ゼーゼーとあえぎながら、目から緑の光を放って男が悠然と去るのを見ていた。

彼は闇の中を悠然と王城に向かい、甲高い声で歌を唱うのであった。

ハハ愛よへイッ愛よ愛よ！
青剣愛してへイッ仇敵《きゅうてき》は一人自ら殺す。
次から次へとへイッ男一匹数多く。
男一匹青剣愛してへイッ嗚呼一人ばかりのことでもなし。
首には首をへイッ仇敵は二人自ら殺す。
男一匹姿を消してへイッ愛よ嗚呼！
愛よ嗚呼へイッ嗚呼嗚呼、
ああ嗚呼へイッ嗚呼嗚呼！

三

お出かけはしたものの国王はおもしろくなく、道中刺客ありの密報もあって、いっそう興ざめして帰ってきた。その夜の彼は怒りのあまり、九番目の妃の髪さえ、昨日ほど黒く美しくはないと言う。幸い妃が甘えかかって御膝に座り、念入りに七十回余りも身体をくねらせたので、王の眉間のしわもしだいに伸びたのだった。

午後、国王は起きるなり、またもやご機嫌斜めで、昼食のすむころには、明らかに怒気を浮かべていた。

「ああ、退屈!」王は大あくびして、大声を上げた。

上は王后から下は太鼓持ちまで、このようすを見て、うろたえてしまった。白髪の老臣のご進講も、チビでデブの朱儒《こびと》のおふざけも、王はとっくに聞きあきており、近ごろは綱渡り、竿のぼり、弾丸投げ、軽業《かるわざ》、刀呑み、火焔吹きなどの絶妙なる曲芸を見ても、まったくおもしろくもなかった。王はやたらと怒りっぽくなり、ひとたび怒るや、青い剣をつかみ、粗さがしをしては、二、三人殺すのである。

王宮を抜け出して遊んできた若い二人の宦官《かんがん》は、帰って早々に、宮殿内の人々の心配顔を見て、いつもの災難がまた降ってきそうだと察し、一人は顔を土気色にしておびえていたが、もう一人は自信ありげで、落ち着き払い、国王の前に進み出るや、平伏し、こう言った。

「手前は今しがた不思議な男に出会いましたところ、大いに魔術を用いるこの男、大王の御心を御楽しませ申し上げるとのこと、特にご報告に参りました」

「何⁉」と王は言う。彼の言葉はいつも短い。

「色が黒く、痩せた乞食のような男です。身には青い服を纏《まと》い、背には丸い青い包みを負い、でたらめな歌を口ずさんでおります。そこで人が問いました。彼が答えるには奇術が得意、空前絶後、天下無双、今まで誰も見たことがなく、これを見れば、憂いはたちまち消え、天下太平。ところが皆がやってみろと申しましても、男は断るのです。申しますには第一に黄金の竜が、第二に黄金の鼎《かなえ》がなくてはならない……」

「黄金の竜？　わしのことだ。黄金の鼎？　わしが持っておる」

「手前もさように考えた次第でございます……」

「呼べ！」

王の言葉が終わらぬうちに、四人の軍人がこの若い宦官について飛び出して行った。

上は王后から下は太鼓持ちまで、皆喜びをかくしきれない。この奇術が憂いを解き、天下太平となることを願っており、たとえ失敗しても、そのばあいはその乞食のような黒く痩せた男がとばっちりを受けるだけ、自分たちは男がやってくるのを待っていればよいのだ。

長い時を待つこともなく、六つの人影が王宮の階段を急ぎ登ってきた。先頭は宦官、後ろは四人の軍人、その間に黒い男が挟まれている。近づくにつれ、男の服は青く、髭も眉も髪もすべて真っ黒、痩せてほお骨も、目の回りの骨も、眉の骨も高々と突き出ている。男が恭《うやうや》しくひざまずき平伏したとき、果たして背中に丸い小さな包みを負い、それは青い布で包まれ、布には暗紅色のまだら模様が描かれているのが見えた。

「名乗れ！」王は怒りっぽく言った。男の道具が簡素なのを見て、大した奇術はできそうもないと思ったからである。

「臣の名は宴之敖者《えんしごうじゃ》と申し、生まれも育ちも汶汶郷《ぼんぼんきょう》[1]。若いときより生業《せいぎょう》を持たぬ

1 架空の地名。汶汶は『楚辞』にある言葉で暗黒の意味。

ものの、その後良き師にめぐりあい、学びし奇術とは、少年の首一つでございます。この奇術は一人では使えず、必ずや黄金の竜の前にて、黄金の鼎《かなえ》を据え、これに清水を満たし、獣形の炭でもって煮たてねばなりません。そうして少年の首を投げ入れ、湯が沸き立ちますと、この首は波のまにまに浮き沈み、ありとあらゆる舞踏をご披露、そのうえ嬌声を上げ、歓び笑い歌うのです。この歌舞を御一人で御覧になれば、憂いはたちまち消え、万民が見ますと、天下太平となるのでございます」

「始めよ！」王は大声で命じた。

長い時を待つこともなく、牛一頭まるごと煮る黄金の大鼎《おおかなえ》が宮殿の庭に据えられると、中は水で満たされ、下には獣の形をした炭が積まれ、火が点じられた。例の黒い男は傍《かたわ》らに立ち、炭火が赤くなるや、包みを背からおろし、これをほどくと、両手で少年の首を丁重に持ち、高々と掲げた。その顔は眉目秀麗、皓歯紅唇《こうしこうしん》、顔に笑みをたたえているが、髪は乱れて、黒煙のようである。黒い男は捧げ持ったまま四方に向かってぐるりと一回転すると、両手を鼎の上に差し出し、口を動かし何やら分からぬ言葉を語りかけ、パッと手を放すと、ポトンと音がしたきり、首は水中に沈んでしまった。と同時に水しぶきが跳ねて、一メートル半以上も上がったが、その後はすべて静まり返っている。

長い時が経ったが、何も変わらない。国王が真っ先に怒りはじめ、続いて王后や妃、大臣、宦官たちもじりじりしはじめ、デブの朱儒たちときてはもう冷笑を浮かべていた。王は彼らの冷笑を見るや、自分が愚弄されたと思い、軍人の方を振りかえり、君主を欺くこの不良の民を大鼎に投げこみ煮殺してしまえと命じようとした。

だがその時湯の沸き立つ音が聞こえ、炭火も盛んに燃え上がり、黒い男を赤黒く照らし出したので、それは焼かれて赤みを帯びた鉄塊のよう。王が急いで向き直ると、男はすでに両手を天に向かって差し上げ、眼光を虚空に放ち、舞い踊っており、突如甲高い声で歌いはじめたのである。

ハハ愛よヘイッ愛よ愛よ愛よ！
愛よ血よヘイッヘイッ誰か一人無からん。
民は暗夜をさまよいヘイッ男一匹高笑い。
彼は百の首、千の首を使いヘイッ万の首を使う！
我は一つの首を使いヘイッ、万夫なし。

一つの首を愛してへイッ血よ嗚呼！
血よ嗚呼へイッ嗚呼アハ、
アハ嗚呼へイッ嗚呼嗚呼！

歌と共に、湯は鼎からあふれんばかりに湧き上がって、小山《こやま》のように、てっぺんは尖りすそは広がり、波の尖端から鼎の底まで、絶えず渦を巻いている。あの首は波とともに浮かんでは沈み、円を描き、自分でもクルクルととんぼ返りを打つので、人々にも楽しく遊ぶ笑顔さえかすかに見てとれる。しばらくすると、突然渦に逆らう泳ぎに変わり、円を描くかと思えば一直線に泳ぐので、盛んに水しぶきが四方に飛び、庭中に熱い雨がひとしきり降りそそいだ。一人の朱儒が急に叫んで自分の鼻を押さえた。運悪く熱湯がかかり、こらえきれず、思わず悲鳴をあげたのだ。

ようやく黒い男の歌が終わると、あの首も水面中央で静止し、真っ直ぐ王殿を向くと、顔つきは荘厳に変じていた。こうして十数回ほど息をついてから、やがてゆっくりと上下に揺れ、揺れから加速して浮いては沈む泳ぎとなったが、それほど早くはなく、態度もたいそう落ちつき払っている。鼎の縁に沿って高く低く泳いで三周し、突然両目を見開くと、漆黒の瞳がいっそう輝きを増し、同時に口を開いて歌いはじめた。

王の恵みはヘイッ広く大きい、
宿敵を征し、宿敵は征せられヘイッ、強大なるかなヘイッ！
宇宙に涯《はて》あれどヘイッ万寿に限りなし。
幸い我も来たりてヘイッ青く輝く！
青く輝きてヘイッ永久に忘れず。
切り離されてヘイッ堂々たるかな！
堂々たるかなヘイヘイホー、
いざや帰らん、いざや従わんヘイッ青く輝け！

首は突然波のてっぺんまで昇って止まり、数回とんぼをきると、上に下に昇降し始め、眼差しを左右に投じるさま、たいそう艶やかで、口からはなおも歌声が流れていた。

ああ嗚呼ヘイッ嗚呼嗚呼、
愛よ嗚呼ヘイッ嗚呼ああ！
血まみれの首一つヘイッ愛よ嗚呼
我は一つ首を使いヘイッ万夫なし！
彼は百の首、千の首……

ここまで歌うと、潜水の時であったが、再び浮上しなかったので、歌声も分からなくなった。煮えたぎる湯は、歌声と共に弱まり、次第に低くなり、それは引き潮のようで、しまいには鼎の縁より下になったので、遠くからは何も見えなくなった。

「どうした？」しばらく待っていたものの、王はしびれをきらして訊ねた。

「大王」黒い男は片ひざをついて言った。「彼はただいま鼎の底で世にもふしぎな円舞を踊っており、近くに寄らねば見えません。この臣にも彼を浮上させる魔術が使えないのは、円舞は必ずや鼎の底で踊らねばならないからなのです」

王は立ち上がると、黄金の階段を降りて、炎熱に耐えつつ鼎の前に立ち、首を伸ばしてのぞき込んだ。水面は鏡のように平らかで、あの首は湯の中ほどに仰向けに浮きながら、両目で王の顔を見つめていた。王の視線が彼の顔に届くと、彼は艶然と一《いっ》笑《しょう》した。この笑いに王は見覚えがあったものの、それが誰であったかは思い出せなかった。怪しいと思った時には、すでに黒い男が背中の青い剣を抜き払い、サッと一振り、電光のごとく後ろより王の盆の窪《くぼ》から真下に切りつけたので、ボトン、と首は鼎の中へと落ちた。

敵《かたき》同士というのは、目ざといもの、狭い道で出会ったときはなおさらだ。王の首が水面に着くや、眉間尺《みけんじゃく》の首が迎え撃ち、必死で耳たぶに食らいついた。たちまち鼎の湯は沸騰し、グラグラ煮えたぎる湯の中で、二つの首の死闘となった。二十度ほど組み討ちしたところ、王の首は五つの傷、対する眉間尺《みけんじゃく》の首は七つ傷を受けていた。王は狡猾にも、常に敵の後ろに回りこもうとした。眉間尺《みけんじゃく》も隙を突かれ、ついに盆の窪に食いつかれ、向き直ることができない。今回は王の首も噛みついたまま離さず、ガリガリと食い込んでいくため、鼎の外であっても、痛さのあまりに発された少年の悲鳴が聞こえるかのよう。

上は王后から、下は太鼓持ちまで、驚きのあまり凍りついていた表情が悲鳴をきっかけに動きはじめ、ようやく世の中まっ暗という悲しみを実感し、鳥肌の立つ思いであったが、その一方秘密の歓びをも覚えて、目を見開き、何ごとかを待ち続けているようすであった。

黒い男も少し慌てたようだが、だからといって顔色を変えることはない。男が落ちつき払って見えない青剣を握る腕を伸ばすと、それは枯れ枝のよう、そして首を伸ばしたのは、鼎の底のようすを見極めようとするためか。腕が突然曲がったかと思うと、青剣が不意に男の後ろから斬りつけ、剣が触れるや首は切れ、鼎の中へと落下、バシャッと音がして白い水しぶきが宙高く四方へ跳ね上がった。

男の首は水に落ちるや、ただちに王の首へと突進、ガブッと王の鼻に嚙みつき、食いちぎらんばかり。王がこらえ切れず「ウワッ」と叫び、口を開けるや、隙に乗じて眉間尺《みけんじゃく》の首は逃れ、転じて王のあごの下へと死にもの狂いで嚙みついた。二人は放さぬばかりか、全力で上下から嚙み割いたので、王の首は口が割けた。すると二人は飢えた鶏が米を啄《ついば》むがごとく、ザクザク嚙み続けたので、王は目も潰れ鼻も落ち、顔中傷だらけ。はじめはそれでも鼎の中を逃げ回っていたが、やがてのたうちまわってうめくばかりとなり、最後はひと声も発せず、息を吐くばかりで、吸うこともできなかった。

黒い男と眉間尺《みけんじゃく》の首もゆっくり口を閉じ、王の首から離れると、鼎の壁面に沿って一周泳ぎ、王が死んだふりをしてはいないか看視した。王の首が確かに息絶えたと分かると、四つの瞳は互いに微笑みあい、そのまま目を閉じ、天を仰ぎつつ、水底へと沈んでいった。

## 四

煙も収まり火も消え、波も立たない。あまりの静けさに殿上の人も殿下の人もみな我に返った。一人が真っ先に叫び声を上げるや、ただちに皆が次々悲鳴を上げ、一人が黄金の鼎に駆け寄ると、皆が先を争って押し寄せた。後ろへ押し除けられた者などは、人の首と首との間から中をのぞき見るしかなかった。

熱気で人々の顔は焼かれて熱くなる。鼎の湯は鏡のように静まり返り、水面に浮いた油の膜が、多くの人の顔を映している——王后、妃、軍人、老臣、朱儒、宦官《こびと》……。

「アーレエッ、何ということ！　大王さまのお首はまだ鼎の中よ、ウェーンウェーン！」六番目の妃が突然狂ったように泣き叫んだ。

上は王后から、下は太鼓持ちまで、皆がハタと悟り、あわてふためき散って行ったが、あまりのことでなす術もなく、ただ同じところでグルグルと回るだけであった。最も智謀に富む老臣が一人再び前に進み出て、手を伸ばして鼎の縁をさわったが、全身を震わせ、ただちにひっこめ、触れた二本の指を口へ持っていき、息をフーフー吹きかけている。

皆は気を落ち着けると、宮殿の門外で首浚《さら》いの手だてを相談した。粟《あわ》の鍋も三度炊きあがるほどの時が経ち、なんとか到達した結論らしきものとは、それは——大台所で金網のおたま杓子《じゃくし》をかき集め、軍人たちに力を合わせて浚わせることである。

道具はまもなく集まり、金網杓子、穴杓子、黄金の皿、膳布巾《ぜんふきん》がすべて鼎の傍《かたわ》らに置かれた。軍人たちは袖をからげて腕まくりし、金網杓子を持つ者、穴杓子を持つ者が、いっせいに恭《うやうや》しく浚うのだ。おたま杓子同士がぶつかる音、杓子が黄金の鼎を引っかく音がして、湯も杓子が動くにつれ渦を巻いた。しばらくすると、一人の軍人の顔色が急に改まり、細心に両手でゆっくりとおたま杓子を引き上げはじめ、水滴が杓子の穴から珠のように落ちると、おたま杓子の中から真っ白な頭蓋骨が現れた。皆が一斉に叫び声を上げる中、軍人は骨を黄金の皿にあけた。

「アーレエッ、大王さま！」王后、妃、老臣そして宦官の類に至るまで、皆が声を上げて泣きはじめる。だがまもなく次々と泣くのを止めたのは、軍人がまたもや同じような頭蓋骨を引き上げたからである。

彼らの涙をたたえた目がうつろにあたりを見まわすと、顔中汗だらけで、なおも浚い続ける軍人たちが見えるばかり。その後に上がったのは白髪と黒髪がもつれあった塊、さらにおたま杓子数杯に短いもので、これは白い髭と黒い髭のようだ。次にもう一つの頭蓋骨。次には簪《かんざし》が三本。

鼎の内に具のない汁だけが残されると、作業は終わり、浚い上げたものを三つの黄金の皿に盛った。一皿が頭蓋骨、一皿が髪と髭、一皿が簪。

「大王さまには首がお一つあるだけ。どれが大王さまのでしょう」。九番目の妃が焦って訊ねる。

「そうですな……」老臣たちも顔を見合わせる。

「皮と肉が煮くずれていなければ、たやすく見分けられるのですが」と一人の朱儒がひざまずいて言う。

皆は気持ちを静め、頭蓋骨をよく見てみたが、色の白黒と形の大小は、いずれも似たりよったりで、例の少年の首さえも、見分けがつかない。王后が言うには王の右の額に傷あとがあった、皇太子の頃に転んだ時の傷、骨にもあとが残ってはおりませんか、と。はたして、朱儒が一つの頭蓋骨に傷を見つけ、皆が大喜びしているところに、別の朱儒が黄ばんだ頭蓋骨の右の額にも似たような傷を見つけた。

「いい考えがございます」三番目の妃が得意気に言うには、「大王さまのお鼻はとても高かったですわ」

宦官たちがすぐさま鼻骨の研究に着手したところ、一つは確かにやや高いようなものの、それほどの差ではなく、最も残念なことに右の額に転んだ時の傷あとがまったく無い。

「そのうえ」と老臣たちが宦官に言った。「大王の後頭骨はこんなに尖っておられたか？」

「手前どもはこれまで大王の後頭骨をしかと拝んだことはございませんので……」

王后と妃たちはそれぞれ思い返しては、尖っていると言ったり、平らだったと言ったりした。髪結いの宦官を呼んで訊ねたところ、黙りこんでしまった。

その夜に王公大臣の会議が開かれ、どれが王の首かを決めようとしたが、結果は昼間と同じである。それぱかりか髭にも問題が生じた。白いのは当然王のものだが、王のは胡麻塩髭であったから、黒い髭の処理が難しかった。夜中まで討論し、ようやく数本の赤髭を取り除いてはみたが、すぐに九番目の妃が抗議して、王に何本か真っ黄色の髭があったのを確かに見ている、今どうして一本の赤髭もなかったなどと分かりましょうか、と言う。このため再びひとまとめにして、審議未了とした。

夜半過ぎになっても、まったく結論が出ない。皆はそれでもあくびをしつつ、討論を続けたが、二番鶏が鳴くころには、ようやく最も慎重かつ妥当な方法が決定された——三つの頭蓋骨をすべて王の身体と一緒に黄金の棺に入れ葬儀を行わざるをえない、というものである。

七日後は葬儀の日に当たり、城中あげて賑わった。城内の民、遠方の民、みな国王の「御大葬」を仰ぎ見ようと馳せ参じた。夜が明けるや、沿道には老若男女がひしめき、人込みの中に多くの祭卓が置かれていた。午前も遅くなってから、先払いの騎士がしずしずとやってきた。再びしばらく間を置いて、旗さしもの、棍棒、矛、弓と弩《いしゆみ》、黄金の斧などの儀仗《ぎじょう》が見えた。その後には四両の鼓笛車。さらにその後ろに黄色の天蓋が道のでこぼこにつれて上下に揺れながら、だんだんと近づいて来て、こうして霊柩車が現れ、これに黄金の棺が積まれ、棺には三つの首と一体の胴が収められているのだ。

民衆がみなひざまずくと、祭卓の列がぞろぞろと人込みの中から現れた。数人の義民が忠義のあまり憤激し、涙に咽《むせ》んだのは、かの二人の大逆《たいぎゃく》非道《ひどう》の逆賊《ぎゃくぞく》の霊まで、この時やはり王と共に祭礼を受けるかと憂えてのことだったが、どうしようもなかった。

その後には王后と多数の妃の車。民衆は彼女らを眺め、彼女らも民衆を眺めたが、泣き続けてはいた。その後の大臣、宦官、朱儒などの連中も、悲し気なふりをしている。ただ民衆はもう見ようともせず、行列も押し合いへし合いででたらめになり、みっともないものとなってしまった。

一九二六年一〇月作

# 非《ひ》攻《こう》——平和主義者の墨子《ぼくし》と戦争マニアの物語

## 一

子夏《しか》[1]の弟子の公孫高《こうそんこう》は墨子《ぼくし》[2]を訪ねて、何度もやって来たが、いつも留守で、会えなかった。おそらく四回目か五回目の時であろう、ようやく門でバッタリ出会ったのは、公孫高《こうそんこう》が訪ねてきたところに、墨子《ぼくし》も折よく帰宅したからである。二人は一緒に家に入った。

公孫高《こうそんこう》はいちおう遠慮の言葉を述べたのち、敷物に空いた穴を見ながら、おだやかに訊ねた。

「先生は反戦主義者ですね？」

「そのとおり！」と墨子《ぼくし》が言う。

「それでは、君子は闘わないのでしょうか？」

「そうです！」と墨子《ぼくし》が言う。

「豚や犬さえ闘うというのに、なぜ人間が……」

「ええー、君たち儒者というのは、口では堯《ぎょう》や舜《しゅん》[3]をたたえながら、やることは豚や犬の真似とは、哀れなこと、哀れなことよ！」墨子《ぼくし》はそう言いながら、立ち上がると、ササッと台所に駆け込んだが、なおも「君には私の考えは分からない……」と続けていた。

彼は台所を抜けて、裏口の外の井戸まで行くと、轆轤《ろくろ》[4]を巻いて、釣瓶《つるべ》に半分ほどの水を汲み、両手で持ちあげ十口余りも飲んでから、釣瓶を置き、口を拭っていたが、突然庭の隅に向かって叫び出しこう言った。

「阿廉《あれん》！　なんで帰ってきたんだ？」

阿廉《あれん》もすでに気づき、駆け出したところで、近くまで来ると、礼儀正しい立ち姿で、両手を垂れて敬意を示してから、「先生」とひと声呼び掛けると、やや憤慨したようすでこう続けた。

「僕は辞めたんです。彼らは言行不一致なんです。僕に千盆の粟《あわ》をくれると約束したのに、五百盆しかくれませんでした。辞めざるを得ません」

「もしも千盆以上くれたら、君は辞めたか？」

「辞めません」と阿廉《あれん》は答えた。

「それなら、彼らの言行不一致のためではなく、もらいが少ないためだろう！」

墨子《ぼくし》はそう言いながら、再び台所に駆け込むと、叫んだ。

「耕柱子《こうちゅうし》［墨子《ぼくし》の弟子］！　トウモロコシの粉を捏《こ》ねてくれ」

ちょうど広間から出て来た耕柱子《こうちゅうし》は、元気いっぱいの若者である。

---

1　春秋時代衛国の人で、孔子《こうし》の弟子。
2　前四六八頃〜前三七六頃。春秋戦国時代の思想家で名は翟《てき》。魯国の人で、墨家学派の始祖。その「非戦平和主義」「平等無差別（兼愛）」は、「徳による王道で天下を治める」「上下秩序の弁別」を重んじる儒学派とは対立した。また、墨子は質素倹約を旨とし、そのようすはこの後出てくる穴の空いた敷物・ボロボロの衣服にも表れている。
3　堯《ぎょう》・舜《しゅん》は共に、神話時代の中国を治めたとされている伝説上の八人の帝王「三皇五帝」に数えられ、理想的な支配者とされる。
4　円筒形の装置で、手でハンドルを水平に回転させると、釣瓶が巻きとられる。

「先生、十日ほどの携行食にするのですか？」

「そのとおり」と墨子《ぼくし》が答えた。「公孫高《こうそんこう》は帰ったかい？」

「帰りました」と耕柱子《こうちゅうし》は笑ってこう話した。「とても怒っていて、僕らの兼愛説は父を否定するもの、禽獣と同じだと言うのです」[5]

　墨子《ぼくし》も笑ってしまった。

「先生は楚の国に行くのですか？」

「そうです。君も知っていたのかね？」墨子《ぼくし》は耕柱子《こうちゅうし》に水でトウモロコシ粉を捏ねてもらい、自分は火打ち石ともぐさを使って火を起こし、枯れ枝に火を点けて湯を沸かしはじめると、視線を炎に向けたまま、ゆっくりと話しはじめた。「私たちの同郷人の公輸般《こうしゅはん》[6]だが、彼はいつも自分が少しばかり賢いからと得意になって、騒ぎを起こす。鉤拒《こうきょ》［舟戦用の武器］を作って楚王に越の人との戦争をけしかけただけでは足りず、今度は雲梯《うんてい》[7]などというものを考え出し、楚王をそそのかして宋を攻めさせようとしている。宋は小国なので、この攻撃を防ぎきれないだろう。私が出掛けて奴をへこましてこよう」

　彼は耕柱子《こうちゅうし》がすでに窩窩頭《ウォーウォートウ》[8]を蒸籠《せいろ》に載せたのを見ると、自分の部屋に戻って、戸棚から乾した塩漬けアカザと、粗末な銅の刀を取り出したほか、ボロボロの風呂敷を探し出し、耕柱子《こうちゅうし》が蒸し上がった窩窩頭を届けてくるのを待って、ひと包みにした。だが衣類は包まず、洗面用の手拭いも持たず、革帯をギュッと締め上げると、広間まで行き、草鞋《わらじ》を履き、荷物を背負うと、振り返ることもなく出て行った。荷物からはなおも熱い蒸気が吹き出ている。

「先生いつ頃お帰りですか？」耕柱子《こうちゅうし》が後方で叫んだ。

「二十日以上はかかるだろうな」墨子《ぼくし》は答えながらも、ひたすら歩き続けていた。

5　墨子《ぼくし》は自他・親疎の区別なく平等に人を愛する兼愛説を唱えたが、儒家の孟子はこれを、「父を無《な》みする禽獣なり（自分の父と他人の父とを区別しない獣である）」と批判した。

6　春秋時代の魯の国の人で、姓は公輸《こうしゅ》、名は班《はん》（または般《はん》）で、技芸に優れ、多くの発明を行い、後世には大工の始祖として崇められた。

7　台車の上に折りたたみ式のはしごを搭載した攻城兵器。城壁にとりつけ兵士を突入させた。

8　トウモロコシ粉を円錐形に捏ねて蒸した質素な主食。ただし、アメリカ原産のトウモロコシや唐辛子が中国に渡来したのはヨーロッパ経由で一六世紀になってから。

二

墨子《ぼくし》が宋の国との国境《くにざかい》を越えたときには、草鞋のひもはすでに三、四回も切れており、足の裏がひどく熱いと思い、立ち止まって見てみると、草鞋の底も磨り減って大穴が空いており、足にもたこが出来たり、まめが出来たりしていた。だが彼がまったく苦にもせず、なおも歩き続け、沿道のようすを見ていると、人口はたいへん多いが、これまでの水害と戦災の傷痕が、至るところに残っており、民衆の急速な変わりようとは違っていた。三日歩いても、一つとして大きな建物も見えず、大木も見えず、元気な人も見えず、肥沃な田畑も見えず、そうこうするうちに都に着いた。

町を囲む城壁はひどく崩れかけていたが、新しく石が積まれた場所も数カ所あり、城壁の周囲の堀のわきには、ヘドロが積み上げられたのが目に付くということは、堀を浚《さら》った者がいるのだろうが、今は数人の閑人《ひまじん》が堀端で魚釣りでもしている姿が見えるだけだった。

「彼らもおそらく報《しら》せは聞いているのだろう」と墨子《ぼくし》は思った。釣り人たちをよく見てみたが、自分の学生はその中にはいなかった。

彼は町を通り抜けしようと決意して、北門を目指し、中央の道沿いに、一路南に向かって歩いた。城内［城壁で囲まれた都］もひどく寂れていたが、たいへん平静で、店舗にはどこも安売りの札が貼られていたものの、買い物客は見当たらず、店内にもたいした品物はなく、通り一面に細かくてネバネバした黄塵が積もっている。

「こんな状態というのに、まだ攻めようとは！」と墨子《ぼくし》は考えた。

彼は大通りを進んだが、目に入るのは貧乏人ばかりで、何の変わりばえもしなかった。楚の国が攻めて来るという知らせは、すでに聞いているのだろうが、皆は攻められるのに慣れてしまい、自分でも攻められて当然と諦め、特別なこととは思っておらず、しかも誰もが失うものと言えば命のみ、衣食もないので、一人として出ていこうとはしないのだ。南門の櫓《やぐら》が見えるところまで来ると、ようやく街角で十数人が集まっているのが見えたが、どうやら誰かが話すのを聞いているようだ。

墨子《ぼくし》が近付くと、その人が手を振りまわして叫んでいた。「奴らに宋国の民の気概を見せてやろう！ 我々は全員死んでやろう！」

それが自分の学生曹公子《そうこうし》の声であることは、墨子《ぼくし》には分かっていた。だが彼は輪の中に入って声を掛けようとはせず、そそくさと南門を出て、自分の道を急いだ。さらに一昼夜近く歩いたのち、休むことにして、農家の軒下で夜明けまで眠り、起きるとまた歩いた。草鞋はすでにボロボロに切れてしまい、履けなくなったが、まだ窩窩頭《ウォーウォートウ》が残っているので、包みの布を使うわけに行かず、仕方なく服を破って、足をくるんだ。

ところが薄い布なので、デコボコの田舎道が足の裏に当たり、ひじょうに歩きにくかった。午後になって、彼が小さな槐《えんじゅ》の木の下に腰を下ろし、包みを開いて昼食としたのは、足休めのためでもあったのだ。遠くから大男が、ズシリと重い手押し車を押して、こちらに向かってくるのが見える。近くに来ると、その男は車を停め、墨子《ぼくし》の前まで来て、「先生」と挨拶しながら、袖で顔の汗を拭い、荒い息を吐いていた。

「それは砂ですか？」墨子《ぼくし》は男が自分の学生管黔敖《かんきんごう》と気づいて、こう訊ねた。

「そうです、雲梯《うんてい》対策用です」

「ほかの用意はどうですか？」

「すでに麻、灰、鉄の寄付を集めています。しかし大変難しく、持つ者は出そうとせず出そうという者は持っていません。やはり空論を振りまわす者が多く……」

「昨日は城内で曹公子《そうこうし》が演説しているのを聞きましたが、またもや『気概を見せ』るやら、『死んでやろう』やら叫んでいました。君から彼にこう言ってやりなさい――空理空論はいりません、死ぬのも悪くはないが、とても難しい、だが死ぬなら民衆の役に立つようにと」

「彼と話すのは難しくて」と管黔敖《かんきんごう》が残念そうに答えた。「彼がここの役人になって二、三年、もう僕たちと話そうとはしないのです……」

「禽滑釐《きんかつり》は？」

「彼はとっても忙しそうです。連弩《れんど》[9]の実験をしたばかりで、今はおそらく西門の外で地形調査をしているのでしょう、それで先生にお会いできなかったのです。先生は楚の国にいらして公輸般《こうしゅはん》にお会いになるのですね？」

「そのとおり」と墨子《ぼくし》が言った。「しかし彼が私の言葉に耳を傾けるかどうか、まだ分かりません。君たちはなおも準備を続け、口先による成功だけを頼みとしてはなりません」

管黔敖《かんきんごう》はうなずきながら、旅路につく墨子《ぼくし》を、しばらく見送ったのち、手押し車を

9 機械仕掛けで一度に多数の矢を射る車。

押しながら、ギーギーと城内に入って行った。

## 三

楚の国の郢城《えいじょう》［楚国の都］は宋国などの比ではなく、通りは広々として、家並みも整然たるもの、大商店には真っ白な麻布、真っ赤な唐辛子、斑《まだら》模様の鹿皮、大きな蓮の実など、良い品が数多く並んでいる。道行く人は、身体こそ北方より小柄だが、皆活発で元気よく、服も清潔で、墨子《ぼくし》をここの人と比べると、着古して破れた服に、布でくるんだ両足では、まるで年季が入った乞食であった。

さらに中心部へ進むと大きな広場となっており、たくさんの露店が並び、たくさんの人で賑わい、それは繁華街であり、十字路の交差点にもなっていた。そこで墨子《ぼくし》は読書人[10]らしい老人を見つけて、公輸般《こうしゅはん》の家を訊ねたが、あいにく言葉が通じぬため、わけが分からず、手の平に字を書いて見せようとすると、ワッと歓声が上がり、皆が歌いはじめたが、それは有名な賽湘霊《さいしょうれい》[11]が彼女の「村の田舎者」[12]を歌いはじめたので、全国各地の多くの人々が引き付けられ、声を揃えて歌い出したのだ。ほどなく、例の老読書人までフンフンとハミングし出したので、墨子《ぼくし》にも老人は二度と自分の手の平に書いた字を見ることはあるまいと分かり、「公」の字を半分書いただけで、再び遠くに向かって急ぎ歩きはじめた。ところがどこに行っても歌が続いており、道案内どころではなく、それでも長い時間が過ぎると、おそらくあちらでは歌い終わったのだろう、こちらでも次第に静かになってきた。彼は大工の店を見つけると、公輸般《こうしゅはん》の家を訊ねた。

「その山東の御仁とは、鉤拒《こうきょ》をお作りになった公輸《こうしゅ》先生ですね？」店主は日焼けた顔に黒鬚の太った男で、たしかによく知っていた。「お近くですよ。引き返して十字街を過ぎ、右から二本目の露地を東に行って南に向かい、それから北に曲がると、三軒目の家です」

墨子《ぼくし》は手の平に字を書き、店主に聞き間違えはないか見てもらってから、道をしっ

10　地主・官僚などを兼ねる知識層、士大夫《したいふ》のこと。

11　『楚辞』に描かれる湘水の女神に湘霊がいる。それにちなんだ名の歌手か。湘水すなわち、湘江は楚のあった湖南省最大の川。

12　原文は「下里巴人」で、楚の国の歌曲。

かり覚えると、店主に礼を述べ、大股で歩きながら、教わった場所へと急いだ。やはり間違いなく、三軒目の大門には、見事な彫りの楠木の表札が打ち付けられており、大篆《だいてん》[13]で六文字「魯国公輸般《こうしゅはん》寓」と刻まれていた。

墨子《ぼくし》が獣の形をした赤銅製ノッカーを、ガンガンと何度か叩いて鳴らすと、なんと門を開けて出て来たのは恐い顔をした門番だった。彼は一目見るなり、大声で追い返そうとした。

「先生は客に会わん！　おまえのような同郷人がしょっちゅう金の無心に来るんでな！」

墨子《ぼくし》が門番を一目見たと思ったときには、門はすでに閉じられており、再びノックしても、もはや物音一つしなかった。しかし鋭い視線を浴びせられた門番は、妙に落ちつかず、気味が悪いので、彼の主人に報告せずにはいられない。公輸般《こうしゅはん》はちょうど曲尺《かねじゃく》を持って、雲梯《うんてい》の模型を測っているところであった。

「先生、またもや同郷人が無心に来ました……しかしこれはちょっと変な人で……」

門番は低い声で言った。

「名前は何だ？」

「それはまだ聞いていません……」門番は恐れ入ってしまった。

「どんな人だ？」

「乞食のようです。三十歳くらい。背が高く、真っ黒な顔……」

「アーッ！　それは墨翟《ぼくてき》［翟は墨子の名］に違いない！」

公輸般《こうしゅはん》はびっくりして、叫び出すと、雲梯の模型と曲尺を放り出し、玄関へと駆け出した。門番もびっくりして、大急ぎで主人の前を駆けて、門を開いた。墨子《ぼくし》と公輸《こうしゅ》般《はん》とは、こうして庭で対面したのだった。

「やっぱりあなたでしたか」公輸般《こうしゅはん》は嬉しそうに言いながら、墨子《ぼくし》を奥の部屋へと案内した。「お元気でしたか？　やっぱりお忙しい？」

「ええ。いつもこんなもので……」

「それにしても先生が遠出なさるとは、何かご用命ですか？」

「北に私を侮辱した者がおりまして」と墨子《ぼくし》はたいそう冷静に話し出した。「あなた

13　周の宣王の時に史籀《しちゅう》が作ったとされる漢字の書体。秦の篆文（小篆）の前身で、籀書《ちゅうしょ》とも称される。

に其奴《そやつ》を殺してもらいたい……」

公輸般《こうしゅはん》は不機嫌になった。

「お礼に一〇元あげましょう！」と墨子《ぼくし》は続けた。

この言葉に、主人は堪《たま》りかね本当に怒ってしまい、俯《うつむ》くと、冷ややかに答えた。

「私は道義として人殺しはいたしません！」

「それは素晴らしい！」墨子《ぼくし》はたいへん感動したようすで背筋を伸ばすと、二度お辞儀をしてから、またもやたいそう冷静になって話を続けた。「ところでお話があるのです。私は北で、あなたが雲梯を作り、宋攻めの準備中と聞きました。宋に何の罪があるのでしょう？　楚の国には有り余るほどの土地があり、足りないのは民衆です。足りぬものを殺し余るものを争うは、智と言えず、宋に罪なくして、これを攻めるは、仁と言えず、知りながら、否と言わぬは、忠とは言えず、否と言って、説得できねば、強とは言えず、義として少数を殺さずとも、多数を殺すは、道理を知るとは言えません。先生のお考えはいかに？……」

「それは……」公輸般《こうしゅはん》は考えていたが、「先生のおっしゃるとおりです」

「それでは、手を引いてはいかがですか？」

「それはできません」公輸般《こうしゅはん》は辛そうに答えた。「私はすでに王に話してしまったのです」

「それでは、私を王に会わせて下さればよろしい」

「結構。しかしもうこんな時刻ですから、食事をしてから行きましょう」

しかし墨子《ぼくし》は承知せず、腰を浮かせ、どうしても立ち上がろうとしたのは、彼が生来ジッと座っていられない質《たち》だからである。公輸般《こうしゅはん》は付ける薬がないとあきらめ、ただちに王のもとに連れていくことを承知すると、自分の部屋に行き、ひと揃いの服と靴を取り出し、心の底からこう言った。

「しかしこれだけはお着換えしていただきましょう。この国は家《うち》らの故郷《いなか》とは違って、何でも贅沢なんです。やはり着換えた方が……」

「結構結構」墨子《ぼくし》も心の底からこう答えた。「私も実は好きでボロを着ているのではなく……本当は着換えの時間がないだけで……」

## 四

楚の王は以前から墨翟《ぼくてき》を北方の聖賢と聞いており、公輸般《こうしゅはん》から紹介があると、即座に閲見となったので、墨子《ぼくし》らは何の苦労もせずに済んだ。墨子《ぼくし》が着ている服は短すぎて、長い足が目立つ鷺《さぎ》のようではあったが、公輸般《こうしゅはん》に従い休息の間に入り、楚王にお辞儀をすると、落ち着きはらって口を開いた。

「今こんな人がいるのです――高級馬車はいらんというのに、隣家のオンボロ車を盗みたがり、綾錦《あやにしき》の衣裳はいらんというのに、隣家の仕事着を盗みたがり、ご馳走はいらんというのに、隣家の粗食《そしょく》を盗みたがるとは、これはいったい何者でしょう?」

「それはきっと泥棒病じゃ」楚王は思ったとおりに答えた。

「楚の土地は」と墨子《ぼくし》が続ける。「五千里四方、宋はわずかに五百里四方、これぞまさしく高級馬車とオンボロ車、楚には雲夢《うんぼう》[14]が広がり、犀《さい》や鹿《しか》で溢れ、長江漢水[15]の魚や鼈《すっぽん》、鰐《わに》の多さときたら、どの国も敵《かな》わぬというのに、宋には雉《きじ》も兎《うさぎ》も鮒《ふな》さえもおらず、これぞまさしくご馳走と粗食、楚には松の巨木に梓《あずさ》の良木、楡《にれ》の美林、橡樟《くす》の大樹があるというのに、宋には大木はなく、これぞまさしく綾錦と仕事着でございます。よって臣《しん》が思いますに、御家臣の宋国攻撃は、同じく病気なのです」

「まこと間違いなし！」楚王はうなずいて言った。「しかし公輸般《こうしゅはん》に雲梯《うんてい》を造らせたからには、やはり攻めねばならん」

「しかし勝敗はいまだ決しておりません」と墨子《ぼくし》は答えた。「木片があれば、ただ今試してみてはいかがでしょう」

楚王は新し物好きの王だったので、たいそう喜び、すぐに侍臣に木片を持ってこさせた。すると墨子《ぼくし》は自分の革帯をほどき、弧の形に曲げると、公輸般《こうしゅはん》の方に向けて置き、これを城壁に見立て、数十個の木片を二つに分け、ひと組を残し、もうひと組を公輸般《こうしゅはん》に渡して、これを攻守双方の道具とした。

こうして二人はそれぞれ木片を取っては、将棋を指すかのように交互に動かし、戦

14　古代の巨大な沼沢地の名称。

15　漢水（漢江）は長江最大の支流。

いはじめたが、攻めの木片が進めば守りの木片が防ぎ、こちらが退けば、あちらは挑発する。しかし楚王と侍臣には、何が何だかわけが分からなかった。

こんな一進一退が、しめて九回、おそらく攻守それぞれ九種の策を尽くしたのだろう。それが終わると、公輸般《こうしゅはん》は手を止めた。そこで墨子《ぼくし》が革帯の弧形を自分の方に向けたのは、今回は彼が攻撃側になったからだろう。やはり一進一退で防戦が続いたが、三回目になると、墨子《ぼくし》の木片が革帯の弧線の中に進入したのだった。

楚王と侍臣にはわけが分からなかったが、公輸般《こうしゅはん》が先に木片を置き、興醒めのようすだったので、彼が攻守両方、すべて失敗したことは分かった。

楚王もいささか興醒めだった。

「私はどうすればあなたに勝てるか分かっていますが」しばらく間を置くと、公輸般《こうしゅはん》はきまり悪そうに言った。「しかし言いません」

「私もどうすればあなたが私に勝てるか分かっていますが」と墨子《ぼくし》は静かに答えた。「しかし言いません」

「二人は何の話をしているんじゃ？」楚王がふしぎそうに訊ねた。

「公輸《こうしゅ》殿の考えは」と墨子《ぼくし》が向き直って、答えるに「私を殺そうというだけのこと、私さえ殺してしまえば、宋を守る者がいなくなり、攻撃可能になるのです。しかし私の学生禽滑釐《きんかつり》ら三百人が、すでに私が考案した防御の道具を持って、宋の城内で、楚国から来る敵を待ち受けています。たとえ私を殺そうとも、攻め落とすことはできないのです！」

「天晴《あっぱ》れじゃ！」と楚王は感動して言った。「ならば、わしも宋は攻めぬとしよう」

## 五

墨子《ぼくし》は宋国攻撃を中止するよう説得したら、ただちに魯国に帰るつもりであったが、公輸般《こうしゅはん》から借りた衣裳を返さねばならず、彼の家に再び行かざるを得なかった。時刻はすでに午後で、主客ともにたいそう空腹だったので、主人は当然墨子《ぼくし》を昼食に引き止めた——あるいはもはや夕食時、一晩泊まるようにと勧めたのだ。

「出発はどうしても今日でなくてはなりません」と墨子《ぼくし》は答えた。「来年また来ましょう、私の本を持ってきて楚王にちょっと読んでいただくのです」

「あなたはまだ義の道の実践を説くのですか？」と公輸般《こうしゅはん》が言った。「体を痛め心を苦しめ、人助けとは、下等な者のすること、大人物《だいじんぶつ》はいたしません。しかも相手は君主ですぞ、先輩！」

「そうでもないでしょう。絹でも麻でもお米でも、みな下等な者が作り出しますが、大人物もそれを必要とするのです。ましてや義の道なのです」

「そうかもしれませんね」と公輸般《こうしゅはん》は機嫌よく言った。「あなたにお会いする前は、宋を取りたかったのが、お会いするや、たとえただで宋国を私にくれると言われても、義にあらざれば、欲しくなくなりました……」

「それですから私は本当に宋の国をあなたに差し上げたのです」墨子《ぼくし》も機嫌よく答えた。「どこまでも義の道を行うのであれば、私はさらに天下もあなたに差し上げましょう！」

主人と客人が楽しく語らうあいだに、昼食の用意が調《ととの》い、魚あり、肉あり、酒もあった。墨子《ぼくし》は酒を飲まず、魚も食べず、肉だけ少し食べた。公輸般《こうしゅはん》は一人で酒を飲みながら、客人があまり小刀も匙も使わないのを見て、恐縮したものの、墨子《ぼくし》に唐辛子を勧めるしかなかった。

「どうぞどうぞ！」彼は辛子味噌と大餅《ターピン》[16]、烙餅《ラオビン》を指しながら、丁寧に勧めた。「味見なさって下さい、まあまあですよ。葱《ねぎ》は我らが故郷のものほど太くないですが……」

公輸般《こうしゅはん》は何杯も酒を飲み、更に上機嫌となった。

「私の舟戦《ふないくさ》では敵船を引っ掛ける鉤《かぎ》と防ぎとめる拒《たて》とがありますが、あなたの義の道にも鉤と拒とがあるんですか?」と彼は訊ねた。

「私の義の道の鉤と拒は、あなたの舟戦の鉤と拒よりも優れています」と墨子《ぼくし》はきっぱりと答えた。「私は愛を鉤とし、恭《つつし》みを拒とするのです。愛を鉤としなければ、互いに親しめず、恭みを拒としなければ、狎《な》れ合いになってしまい、互いに親しめずに狎《な》れ合いになれば、たちまち離散します。ですから互いに愛し、互いに恭みあえば、互いに利することと同じなのです。今あなたが鉤で人を引っ掛ければ、相手も鉤であなたを引っ掛けますし、拒で人を防ぎとめれば、相手も拒であなたを防ぎとめ、互いに引っ掛けあい、互いに防ぎとめあえば、互いに害することと同じになります。ですから私のこの義の道の鉤と拒は、あなたの舟戦の鉤と拒よりも優れているのです」

16　小麦粉を捏ねて発酵させ丸く伸ばして焼いたもの。大ぶりの烙餅《ラオビン》。

「しかし、先輩、あなたの義の道で、私は飯が食えなくなりそうですよ！」公輸般《こうしゅはん》はたしなめられて、口調を改めたのだが、おそらく結構酔っていたのだろう——彼は実は下戸《げこ》だったのだ。

「それでも宋の国みんなが飯を食えなくなるよりはいいでしょう」

「まあ今後の私は玩具しか作れませんね。先輩、ちょいとお待ちになって、お見せしたいものがありまして」

彼はそう言いながらサッと立ち上がると、奥の部屋に駆けて行き、何やら箱をひっくり返していた。まもなく、戻ってくると、手に木と竹で作った鵲《かささぎ》を持っており、これを墨子《ぼくし》に渡しながら、こう言った。「ひとたび放てば、飛ぶこと三日。なかなかのすぐれ物でしょう」

「しかしなおも大工が車輪を作るのには及びません」墨子《ぼくし》はザッと見てから、脇に置いて言った。「大工が三寸の木を削れば、重さ五〇石《たん》[17]を運べます。人様に役立ってこそ、すぐれ物であり、善であり、人様の役に立たぬは、拙《つたな》い物、悪なのです」

「ああ、忘れていました」公輸般《こうしゅはん》はまたもやたしなめられて、ようやく酔いが醒めた。

「それこそあなたの主張だと早く気づくべきでした」

「ですからあなたがどこまでも義の道を行えば」と墨子《ぼくし》は彼の目を見ながら、心をこめて語りかけた。「技《わざ》にすぐれるだけでなく、天下もあなたのものになるのです。本当にほとんど丸一日お邪魔しました。来年またお会いしましょう」

墨子《ぼくし》はこう言いながら、小さな包みを取ると、主人に向かって別れを告げたが、公輸般《こうしゅはん》も引き止めようのないことは承知しており、そのまま帰すしかなかった。表門まで見送り、部屋に戻ると、しばらく考えてから、雲梯《うんてい》の模型と木と竹で作った木鵲《もくじゃく》を奥の部屋の箱に詰め込んだ。

墨子《ぼくし》が帰り道では、ゆっくり歩いたのは、一つには疲れ、二つには足の痛み、三つには携行食を食べきってしまい、空腹が辛く、四つには問題が解決したので、往路のように急ぎはしなかったからだ。ところが往路と比べて不運なことに、宋の国境《くにざかい》に入るや、二度も荷物検査を受け、都に近づくと、さらに救国募金隊に出くわして、ボロ包みをカンパさせられ、南門の前まで来ると、大雨に降られ、城門の下で雨宿りし

17　一石は中華民国期の単位で約七一キロ。

ようと思うと、二人の矛を持った巡察兵の追い立てを食らって、全身ビショ濡れ、それから十日以上も鼻詰まりが続いたのであった。

一九三四年八月作

## 出《しゅつ》関《かん》——砂漠に逃れた老子《ろうし》と関所役人の物語

老子《ろうし》[1]がジイーッと身動きせずに座っているのは、木偶《でく》の坊のようだった。

「先生、孔丘《こうきゅう》［丘は孔子《こうし》の名］がまた来ました！」弟子の庚桑楚《こうそうそ》が、うんざりしたようすで入ってくると、低い声で言った。

「どうぞ……」

「先生、お元気ですか」孔子《こうし》はたいそう恭《うやうや》しく礼をしながら、こう言った。

「私はいつもこのとおり」と老子《ろうし》が答えた。「あなたはいかがですか。ここの蔵書のすべてを、もうご覧になりましたか？」

「すべて読みました。しかし……」と孔子《こうし》はひどく焦ったようすであり、それはかつてないことだった。「私は『詩』、『書』、『礼』、『楽』、『易』、『春秋』の六経《りくけい》を研究し、自分でも相当の年季を入れ、十分呑み込んだつもりです。そこで七十二名の君主に拝謁しましたが、どなたもご採用にならない。まことに人について説明するのは難しいもの。それとも『道《みち》』が説きあかし難いものなのですか？」

「あなたはそれでも運のいいほう」と老子《ろうし》が答えた。「有能な君主に会わなかったのだから。六経というやつは、先王の古い足跡に過ぎない。足跡をつける靴そのものではないでしょう？　あなたの言葉は、足跡と一致しているかもしれない。足跡とは靴に踏まれてできるものですが、靴そのものではないでしょう？」しばらく沈黙したのち、また語りはじめた。「白鶂《はくげき》［水鳥の一種］は雌雄見つめあえば、目の玉を動かさんでも、自然と孕《はら》むし、虫はね、雄が風上で鳴き、雌が風下で応えれば、自然と孕み、類は一身にして雌雄両性を兼ねるので、自然と孕むのです。性、それは改められぬもの、命《めい》、それは換えられぬもの、時、それは留められぬもの、道、それは塞ぐことのできぬもの。道さえ得れば、何でもＯＫ、だがそれを失えば、なんでもペケになるのです」

孔子《こうし》は頭に一撃食らったように、茫然自失の体《てい》となり、木偶の坊のように座ったたまだった。

およそ八分間が過ぎると、彼は深々とため息をつき、暇乞《いとまご》いしようと立ち上がり、いつものように礼儀正しく老子《ろうし》の教えに感謝した。

老子《ろうし》も引き止めず、立ち上がり杖を突きながら、彼を図書館の正門の外まで見送る。そして孔子《こうし》が車に乗るときになって、ようやく蓄音機のように言うのだ。

「お帰りか？　お茶[2]でも飲みませんか？……」

孔子《こうし》は「は、は」と答えながら、車に乗り、両手を胸の前に組みたいそう恭しく前の横木に伏してお辞儀したので、冉有《ぜんゆう》［孔子《こうし》の弟子］が鞭を宙に一振りし、「ドウ」と叫び、車が動きだした。車が正門から十数歩ほど先まで行くのを待って、老子《ろうし》はようやく自分の部屋に戻った。

「先生は本日上機嫌のごようす」と庚桑楚《こうそうそ》が老子《ろうし》の着席を待って、傍《かたわ》らに立ちながら、垂手《すいしゅ》[3]の礼をして、こう言った。「たくさんお話しなさるとは……」

---

1　中国、春秋戦国時代の思想家で、道家の祖。司馬遷『史記』によれば、楚の苦県厲郷曲《こけんらいきょうきょく》仁里《じんり》（河南《かなん》省）の人。姓は李《り》、名は耳《じ》、字《あざな》（男子が本名以外につけた名）は聃《たん》で、周の守蔵室（図書館）の史官であったという。老子《ろうし》が孔子《こうし》を接見したという話は『荘子』に見られる。

2　お茶が一般の飲料になったのは漢以降で、それ以前は薬用だった。魯迅は、他にも蓄音機・饅頭《マントウ》・ノート、本のタイトルなど、現代風のものを物語に盛り込み、軽妙さを醸し出している。

3　両腕を垂れて敬意を表す礼。

「君の言うとおり」老子《ろうし》はかすかにため息をついて、すこし怠《だる》そうに答えた。「私は確かに話しすぎた」彼はまた急に思い出したようすで「そうだ、孔丘《こうきゅう》がくれた土産は、塩漬鵞鳥《がちょう》の乾し物だろう？　君が蒸して食べたらよい。私はどうせ歯がないので、噛めやせんから」

庚桑楚《こうそうそ》が出て行く。すると老子《ろうし》はまた静かになり、目を閉じる。図書館は静まり返っている。竹竿が庇《ひさし》にあたる音だけが聞こえるが、それは庚桑楚《こうそうそ》が軒下に吊るした鵞鳥の乾し物を取り込んでいるのである。

あっというまに三カ月が過ぎた。相変わらず老子《ろうし》がジィーッと身動きせずに座っているのは、木偶《でく》の坊のようだった。

「先生、孔丘《こうきゅう》が来ましたよ！」弟子の庚桑楚《こうそうそ》が、ふしぎそうに入ってくると、低い声で言った。「長いこと来ていませんでしたよね？　今日来たのは、どうしたことでしょう？……」

「どうぞ……」老子《ろうし》はいつものように一言こう言うだけだった。

「先生、お元気ですか」孔子《こうし》はたいそう恭しく礼をしながら、こう言った。

「私はいつもこのとおり」と老子《ろうし》が答えた。「お久しぶりですが、きっとお宿に籠もって勉強なさっていたのでしょう」

「どういたしまして」と孔子《こうし》は謙遜した。「門から出ずに、考えておりました。そして少し分かってきたのです――鵲《かささぎ》はキスし、魚は唾を塗りあい、細腰蜂《じがばち》はほかの虫を自らと同じ蜂に変え、弟が抱かれると、兄の方が泣くのです。私自身は長らく変化に身を任せておらず、これでどうして他人を変化させられましょうか！……」

「そうそう！」と老子《ろうし》が言った。「お分かりになった！」

二人がその後は黙りこくったようすは、二体の木偶の坊のようだった。

およそ八分間が過ぎると、孔子《こうし》はようやく深々と息を吐き、暇乞いしようと立ち上がり、いつものように礼儀正しく老子《ろうし》の教えに感謝した。

老子《ろうし》も引き止めない。立ち上がり杖を突きながら、彼を図書館の正門の外まで見送る。そして孔子《こうし》が車に乗るときになって、ようやく蓄音機のように言うのだ。

「お帰りか？　お茶でも飲みませんか？……」

孔子《こうし》は「は、は」と答えながら、車に乗り、両手を胸の前に組みたいそう恭しく前の横木に伏してお辞儀したので、冉有《ぜんゆう》が鞭を宙に一振りし、「ドウ」と叫び、車が動きだした。車が正門から十数歩ほど先まで行くのを待って、老子《ろうし》はようやく自分の部屋に戻った。

「先生は本日あまりご機嫌よろしくないごようす」と庚桑楚《こうそうそ》が老子《ろうし》の着席を待って、傍らに立ちながら、垂手《すいしゅ》の礼をして、こう言った。「少ししかお話しなさらないとは……」

「君の言うとおり」老子《ろうし》はかすかにため息をついて、すこし怠そうに答えた。「しかし君には分かっていません——私はここを出て行かねばならんと考えていることを」

「それはなぜですか？」庚桑楚《こうそうそ》がひどく驚いたようすは、青天の霹靂《へきれき》に遭ったかのようだった。

「孔丘《こうきゅう》はすでに私の考えを理解した。これまでのいきさつを知るのは私一人、ということを彼も分かっているだけに、安心できないに違いない。私が出て行かないと、具合がよくない……」

「それでしたら、同じ道を歩むものとなったのでは？　それなのに出て行くとは？」

「いいや」と老子《ろうし》は手を振った。「我らはなおも道を異にしている。たとえば同じ靴でも、私のは砂漠を歩く靴、彼のは朝廷に登る靴なのです」

「でもあなたは彼の先生なんですよ!」

「君は私のところで何年も学んだというのに、まだそんなお人好しとは」と老子《ろうし》は笑い出した。「これこそまさに性は改められず、命は換えられずということ。孔丘《こうきゅう》は君とは違うということを覚えておきなさい――彼はもう二度とやって来ないし、私を先生とは呼ばないし、ただ爺さん呼ばわりして、陰で悪さをすることだろうよ」

「思いもよらないこと。しかし先生の人を見る目に狂いはありませんので……」

「いいや、会ったばかりのときは私の目もよく狂います」

「それでは」と庚桑楚《こうそうそ》はしばらく考えてから言った。「我々も彼と一戦を交えて……」

老子《ろうし》はまたもや笑い出し、庚桑楚《こうそうそ》に向かってアングリ口を開いた。

「ご覧、私の歯はまだありますか?」と聞く。

「ありません」と庚桑楚《こうそうそ》が答える。

「舌はまだありますか?」

「あります」

「分かりましたか?」

「先生のお考えは、硬いものはなくなっても、軟らかいものは残るということでしょうか？」

「君の言うとおり。君も荷物をまとめて、おかみさんのところへ帰るがよいでしょう。だがその前にあの黒牛にざっと毛ブラシをかけてやり、鞍を日にあててくれませんか。私は明日の夜明けには乗って行こうと思います」

老子《ろうし》は函谷関《かんこくかん》[4]に着いても、そのまま関所に通じる大通りを進むことはせず、黒牛の手綱を引いて、わき道に入ると、壁沿いにゆっくりと回っていった。彼は壁を乗り越えようと思ったのだ。壁は高くなく、牛の背に立ち、背伸びをすれば、なんとかよじ上れそうだが、黒牛は壁の内側に残ってしまい、壁の外には運び出せない。運び出すには、クレーンが必要だが、当時は魯班《ろはん》[5]も墨子《ぼくし》も生まれておらず、老子《ろうし》自身もそのような道具があろうとは思いもよらなかった。要するに、彼の哲学的頭脳をいかに働かせようと、どうにもならないのだ。

ところが彼にはさらに思いもよらぬことにわき道に入った時、すでに見張りが気づいて、関守《せきもり》にご注進していたのだ。このため二、三十メートルも行かぬうちに、一隊の人馬が後ろから追いかけて来た。例の見張りは馬を躍らせ先頭に立ち、続くは関守、すなわち関尹喜《かんいんき》、巡警四名に検査吏二名を従えている。

「待てエー！」と数人が叫んだ。

老子《ろうし》は大急ぎで黒牛を停め、自分はジィーッとして動かず、木偶《でく》の坊のようだった。

「オッと！」関守は前に飛び出て、老子《ろうし》の顔を見るや、驚きの声を上げ、すぐさま転げるように馬から下りると、拱手《きょうしゅ》の礼をしながら、こう言った。「誰かと思えば、老聃《ろうたん》館長。まことに思いもよらぬこと」

老子《ろうし》もいそいで牛の背から下りると、目を細めて、その人を見ていたが、「もの覚えが悪くて……」ともそもそ答えた。

「ごもっとも、ごもっとも、先生はお忘れになったのです。私は関尹喜《かんいんき》、以前図書館に『よくわかる税制の仕組み』を探しに行った時、先生をお訪ねしたことがありまして……」

4 関所の名前。先秦時代に現在の河南省霊宝県に設けられた。
5 春秋時代の魯の国の人で、姓は公輸《こうしゅ》、名は班《はん》（または般《はん》）で、技芸に優れ、多くの発明を行い、後世には大工の始祖として崇められた。

このとき検査吏が黒牛の背の鞍をひっくり返し、検査刺しで穴を空け、指を入れて探ってみると、ひと言も言わず、口をとがらせ、黒牛から離れた。

「先生は壁沿いにお散歩ですか?」と関尹喜《かんいんき》が訊ねた。

「いや、私は外に出たい、新鮮な空気を吸いたくて……」

「それは結構! 素晴らしい! 今では誰もが健康志向、健康第一ですな。とは言え得難《えがた》い機会、先生なにとぞ関所に数日滞在なさって、我らに教えをお聞かせ下さい……」老子《ろうし》の返事を待たず、巡警四名がどっと押し寄せて、彼を牛の背に担ぎ上げ、検査吏が検査刺しで牛の臀《しり》を刺したので、牛は尻尾を巻いて、とっとと歩きはじめ、全員が関所に向かって走りはじめた。

関所に着くと、ただちに広間を開けて彼を招き入れた。この広間は城門物見櫓《やぐら》の中にあり、窓から遠望するに、外は一面の黄土《こうど》平原、遠くなるほど低くなり、空は青く、まことにきれいな空気だ。この険《けわ》しい関所は急坂の上に聳《そび》え、門外は左右の傾斜地に真っ二つにされており、そのあいだを走る一本の車道は、断崖絶壁に挟まれているかのよう。なるほど丸めた泥粒一つでも封鎖できることだろう。

皆は白湯《さゆ》を飲み、饅頭《マントウ》［蒸しパン。現代の食べ物］を食べた。そして老子《ろうし》にしばらく休んでもらったのち、関尹喜《かんいんき》がそろそろ講義していただこうと提案した。老子《ろうし》も断れないと分かっていたので、二つ返事で承知する。こうして一時大騒ぎとなり、部屋は聴講の人々で満員となった。同行した八人のほか、さらに巡警四名、検査吏二名、見張り五名、書記一名、そして帳場と厨房の者が集まったのだ。数人は筆、小刀、木簡[6]を手にして、ノートを取ろうと準備している。

老子《ろうし》は木偶の坊のようにまん中に座り、しばらく沈黙していたが、いよいよ咳払いののち、白鬚《しらひげ》の中の唇が動きはじめた。皆はただちに息を潜め、耳を傾けて聞いた。聞こえるのは老子《ろうし》のゆっくりとした話し声だけだった。

「道《みち》の道とす可《べ》きは、常《つね》の道に非《あら》ず。名の名とす可《べ》きは、常の名に非《あら》ず[7]」

6 中国では、漢代に紙が普及するまで筆記用具として木簡が使われた。小刀は、書き損じた際に木簡を削るのに使う。

7 「これが道ですと示せるような道は、恒常の道ではない。これが名ですと示せるような名は、恒常の名ではない。／天地が生成され始めるときには、まだ名は無く、万物があらわれてきて名が定立された」という意味（蜂屋邦夫訳注、岩波書店刊、岩波文庫『老子《ろうし》』より）。「道」とは「宇宙の真理・真相」を指す。

皆は顔を見合わせ、ノートは取らなかった。

「故に常に欲無くして以《もっ》て其《そ》の妙《みょう》を観《み》[8]」と老子《ろうし》は話し続ける。「常に欲有りて以《もっ》て其の徼《きょう》を観る。此《こ》の両者は同じきより出《い》でて而《しか》も名を異《こと》にす。同じきを之《これ》を玄《げん》と謂《い》う。玄の又《ま》た玄、衆妙の門[9]」

皆は困ったもんだという顔をして、中にはどうしてよいか分からないらしい者もいる。ひとりの検査吏は大あくびをするし、書記の先生ときては居眠りしはじめ、ガシャガシャと、小刀、筆、木簡を、すべて手から筵《むしろ》敷きの席に落としてしまった。老子《ろうし》は何も感じぬようだが、何か感じたようでもあるのは、このあたりからやや詳しく話したからである。だが彼には歯がなく、発音が曖昧で、陝西《せんせい》省のなまりに、湖南弁が混ざって、lとnの区別がなく、「チー」とか言う癖があるので、皆はやはり分からない。しかし時間はさらに長びき、彼の講義を聞きに来た人には、ことのほか辛かった。

面子《メンツ》にかかわるので、皆は我慢するしかなかったが、やがて体がグラグラ揺れて行儀も悪くなり、めいめい自分勝手なことを考えはじめ、「聖人の道は為《な》して争《あらそ》わず[10]」まで話が進み、口が閉じられても、誰も動こうとしない。老子《ろうし》はしばらく待ってから、一言加えた。

「チー、おしまい！」

皆はこの時やっと深い夢から覚めたかのよう、長いこと座っていたので、足はすっかり痺《しび》れてしまい、しばらくは立ち上がれないものの、心の内ではびっくりしたり喜んだりで、ちょうど大赦でも受けたかのようだった。

こうして老子《ろうし》も別室に移され、休むことができた。彼は白湯を何口か飲んだあと、

8 「そこで、いつでも欲がない立場に立てば道の微妙で奥深いありさまが見てとれ」る、という意味。（蜂屋邦夫訳注『老子《ろうし》』より）
9 「いつでも欲がある立場に立てば万物が活動するさまざまな結果が見えるだけ。この二つのもの――微妙で奥深いありさまと、万物が活動しているありさまは、道という同じ根元から出てくるものであるが、（微妙で奥深いとか活動しているとかいうように）違った言い方をされる。同じ根元から出てくるので、ほの暗く奥深いものと言われるが、（そのように言うと道の活動も万物の活動も同じになるから、）ほの暗く奥深いうえにも奥深いものが措定されていき、そのような奥深いうえにも奥深いものから、あらゆる微妙なものが生まれてくる」という意味。（蜂屋邦夫訳注『老子』より）
10 「聖人の道は何かを為しても争うことはない」という意味。（蜂屋邦夫訳注『老子』より）

ジィーッと身動きせずに座っていたのは、木偶の坊のようだった。

しかし皆は外であれこれと議論していた。まもなく、四人の代表が老子《ろうし》に会いに来たのは、彼の話し方が早すぎた上に、あまり純粋な国語[11]ではなかったので、誰もノートが取れなかった、というような説明のためだった。記録に残せない、とはあまりに残念、そこで講義録で補って欲しいというのだ。

「おめえさま何くっちゃべったか、おいら何にも聞きとれへん![12]」と帳場の者が言った。

「やっぱり自分で書いとくなはれ。書いたら、無駄話したことにはなりまへんやろ。[13]な」と書記の先生が言った。

老子《ろうし》の方でもよく聞きとれなかったが、ほかの二人が筆、小刀、木簡を自分の目の前に並べるのを見て、講義録を作って欲しいのだろうと察しがついた。彼は断れないと分かっていたので、二つ返事で承知したものの、今日はもう遅いので、明日から書きはじめることにした。

代表たちもこの結果に満足して、帰って行った。

翌朝、空気はどんよりしており、老子《ろうし》は気分がすぐれなかったが、それでも講義録を作らねばならなかったのは、早いところ関所から出たかったからであり、関を出るには、講義録を出さねばならないからだ。彼は目の前の木簡の山をちょっと見ただけで、さらに気分が悪くなりそうだった。

それでも彼はやはり顔色も変えず、静かに座って、書きはじめた。昨日の話を思い出しながら、しばし考えては、一句を書いた。当時メガネはまだ発明されておらず、老眼の目をひと筋の線になるほど細めねばならず、たいそう疲れたが、白湯を飲み饅《マン》頭《トウ》を食べる時を除けば、丸々一日半も書いたというのに、大きな文字五千が並んだだけであった。

「関を出るには、これでも何とかなるだろう」と彼は考えた。

---

11 中国では一九一二年の中華民国建国後、北京語による言文一致の口語文に基づく国語が模索され、一九二〇年、教育部（文部科学省に相当）が全国に小学校での「国語」科設置を発令した。ナショナル・ランゲージという意味での「国語」という中国語の語彙は、近代日本の「国語」から借用したものである。

12 原文の前半の一句は、中国の南方方言で、後半の一句は北方方言で書かれている。

13 原文は蘇州方言で書かれている。

そこで縄を取り、木簡の穴に通したところ、二冊となったので、杖を突きながら、関尹喜《かんいんき》の事務所に行って原稿を渡し、さらにただちに発《た》ちたいという希望を述べた。

関尹喜《かんいんき》はたいへん喜び、たいへん感謝し、そしてたいへん残念がって、もうしばらく滞在するよう引き止めたが、引き止められないと見て取ると、悲しい表情を浮かべ、承知し、黒牛に鞍を載せよと巡警に命じた。そのいっぽう自分で棚から塩ひと包み、ゴマひと包みに、饅頭《マントウ》十五個を取り出すと、没収品の白布の袋に詰め道中の食料として老子《ろうし》に贈った。そしてわざわざこう説明した――これは先生が老作家であるため、特に優待したのであり、もしも若かったら、饅頭は十個しかもらえないのです。

老子《ろうし》は繰り返し礼を言い、袋を受け取ると、皆と共に物見櫓《やぐら》から下り、関所の出口まで行っても、なおも黒牛を引いて進もうとしたので、関尹喜《かんいんき》が牛の背に乗るよう強く勧め、老子《ろうし》はしばらく遠慮したのち、ようやく牛に乗る。別れの挨拶ののち、牛の頭を転じると、急坂の大通りをゆっくり進んで行った。

まもなく、牛は足を速めた。皆は関所の門から見送っていたが、一〇メートルも離れても、白髪と、黄袍《こうほう》［黄色の上衣］、黒牛、白い袋の見分けはついたが、続けて砂塵が一足ごとに舞い上がり、人も牛も覆い隠し、すべて灰色に変えてしまい、まもなく黄塵がもうもうと立ち込めるだけになり、何も見えなくなった。

皆は関所に戻ると、肩の荷を下ろしたかのように、腰を伸ばすと、何か獲物があったとでもいうように、しめしめと舌を鳴らしながら、大勢で関尹喜《かんいんき》について事務所に入って行った。

「これが原稿？」帳場の先生が一冊の木簡を取り上げ、引っ繰り返しながら言った。「字は結構きれいだ。市場で売れば、きっと買い手がつくぞ」

書記の先生も寄って来て、一枚目を見て、読み上げた。

「『道《みち》の道とす可《べ》きは、常《つね》の道に非《あら》ず』……フン、やっぱり例の決まり文句だ。聞くだけで頭が痛くなる、嫌な奴……」

「頭痛を治すには居眠りが一番」帳場が木簡を置いて、こう言った。

「ハハハッ！……俺は本当に居眠りするしかなかったぜ。実を言えば、奴が自分の恋物語を話すのかと思ったんで、わざわざ聞きに行ったんだ。こんなデタラメを話すだけと分かっていたら、俺は最初からこんな長ったらしくて退屈な会には付きあわなかったのに……」

「それはおたくに人を見る目がなかっただけ」と関尹喜《かんいんき》が笑った。「老子《ろうし》にどうして恋物語が話せるものかね？　彼は最初から恋なんかしたことがないんだ」

「どうしてご存じなんで？」書記がふしぎそうに聞いた。

「それもおたくが居眠りしていて、彼が『無為《むい》にして為《な》さざる無《な》し[14]』というのを聞かなかったのが悪いんだ。奴は本当に『心は天よりも高く、命《めい》は薄きこと紙の如《ごと》し[15]』なんで、『為さざる無し（何事でも成し遂げる）』と思えば、『無為《なすことなし》（何もしない）』になるしかない。そうすると愛する者ができたら、愛さざるなし（すべてを愛する）はできなくなるのだから、それでどうして恋愛ができる、恋愛する気になれるんだ？　おたく自身のことを考えてみればいいのです――今は年ごろの娘さんを見ると、美人だろうが何だろうが、トロンとした目つきになって自分のかみさんのような気になっている。今後奥さんをもらったら、おそらく我らが帳場の先生のように、少しはお固くなるだろう」

　窓の外を風がヒューッと吹いたので、皆は寒気《さむけ》を覚えた。

「あの爺さんはいったいどこに行って、何するつもりだろう？」書記の先生はタイミングよく関尹喜《かんいんき》の話をそらした。

「自分では砂漠に行くと言っていたが」と関尹喜《かんいんき》が冷たく言った。「さあ行けるだろうか。関の外には塩も小麦粉もなく、水さえほとんどない。腹が減ってくると、結局我らがこの関に戻って来るんじゃないか」

「それでしたら、また奴に本を書かせましょう」と帳場の先生が喜ぶ。「しかし饅頭《マントウ》も高すぎる。次には、新作家発掘に方針を変えたと言って、原稿一冊なら、饅頭五個を渡せば十分です」

「そううまくは行かんだろう。文句を言い出し、怒り出しますぞ」

「腹が減っているのに、怒り出しますかねえ？」

「こんなもの、誰も読みやしないですよ」書記は手を振って言った。「饅頭五個だって元手はとれません。たとえば、もしも彼の話が正しければ、その場合には、我々のボスも関所役人を辞めなくてはならないわけで、そうしてこそ為さざるなし、お偉い

14　『老子』第三十七章の言葉で、原文は「道は常に無為《むい》にして、而《しか》も為《な》さざる無《な》し」。「道はいつでも何事も為さないでいて、しかもすべてのことを為している」という意味。（蜂屋邦夫訳注『老子』より）
15　「心は天空の高みよりも気高いが、運命は薄紙の薄さよりも薄命である」という意味。

大人というわけで……」

「それは大丈夫」と帳場の先生が言った。「きっと読み手はいます。退職した関所役人とまだ関所役人になっていない隠者というのは、とっても多いでしょう?……」

窓の外を風がヒューッと吹いたので、ドッと黄塵が舞い上がり、空が暗くなった。この時関尹喜《かんいんき》が外を見ると、大勢の巡警や検査吏が、この雑談をぼんやりと立ち聞きしていた。

「そこでぼんやり突っ立って何のつもりだ?」と彼は怒鳴った。「日暮れとなれば、密売人が壁を乗り越え脱税する頃だろう? 巡回してこい!」

門外の人々は、一目散に走って行った。部屋の中の人々も、もはや何も話さなくなり、帳場と書記は出て行った。関尹喜《かんいんき》は長衫《チャンシャン》［丈長、薄地の有産階級用伝統服］の袖で机の上の砂ぼこりを払うと、二冊の木簡を取り上げ、没収した塩、ゴマ、布、大豆、饅頭などの棚の上に置いた。

一九三五年一二月作

# 解説

藤井省三

## (一) 魯迅と四つの都市
### ——古都の紹興《シャオシン》/新興メディア都市東京/「文化城」北京/恋と革命の都上海

上海から杭州《ハンチョウ》湾をはさんで南西約二〇〇キロにある紹興は、長い歴史を誇る古都であり、良質の水と米にも恵まれた名酒紹興酒の産地でもある。魯迅《ルーシュン》(ろじん、本名周樹人《チョウシューレン》、一八八一〜一九三六)は紹興の街に士大夫《したいふ》(地主・官僚などを兼ねる知識層)の家の長男として生まれた。祖父は科挙最終段階の試験を突破した進士で政府高官としても勤め、周家は祖父を家長として数個の小家族からなる数十名の大家族を構成していた。魯迅の父は科挙受験資格試験の合格者である秀才とはなったものの、科挙第一段階の合格者である挙人とはなれなかった。母は紹興郊外の士大夫の家の娘で、当時の女性としては珍しく読み書きができた。しかし、一八九三年、父の科挙合格を図った贈賄が発覚して祖父が下獄(結局七年に及んだ)、九六年には父も重病で亡くなり、周家は急速に没落していった（高級官僚選抜試験である科挙試験において、予備段階の試験合格者を「秀才」、本試験の第一段階合格者を「挙人」、最終段階の試験合格者を「進士」という）。

魯迅は六歳から家塾で四書五経を学び科挙に備えたが、九八年には没落した周家をあとに南京に出て学費無料の海軍学校（江南水師学堂）に入学、翌年には新設の陸軍学校付属鉱務鉄路学堂に転校し、ドイツ語を学んだ。

一九〇二年、鉱務鉄路学堂を三番の成績で卒業後、魯迅は日本に渡り七年余の留学生活を送る。その間、二度の帰省と仙台医学専門学校在籍期間（一九〇四年九月〜〇六年三月）を除いて、彼は東京で多感な青春期を過ごした。当時の日本は日露戦争（一九〇四〜〇五）を挟んで近代的国民国家としての骨格を形成し、東京は新興帝国の首都として著しい変貌を遂げていた。魯迅はこの新興メディア都市東京で近代文学を学び、欧米文学の紹介に没頭した。しかし文芸誌「新生」の創刊に失敗し、世界文学短篇選集の『域外小説集』刊行もわずか二冊で頓挫し、〇九年には失意の内に帰国したのだった。

一九〇九年に帰国した魯迅はまず杭州の師範学校などで化学・生物を教え、清朝を倒すことになる辛亥《しんがい》革命（一九一一）勃発後には紹興師範学堂の校長となった。翌年二月には中華民国臨時政府の教育部（日本の文科省に相当）の招きを受けて南京に行き課長級官僚となり、政府の北京移転に伴い北京に移動した。

一九一六年の袁世凱《ユワンシーカイ》（えんせいがい、一八五九〜一九一六）による帝政復活とその頓挫を経て、中国はその後十年余り軍閥割拠の分裂期を迎える。このとき青年たちの希望の地となったのが諸大学が集中する北京で、一九年には北京の学生が反日民族主義運動の五・四運動に立ち上がった。総合誌「新青年」は一五年の創刊以来、民主と科学を標榜し儒教イデオロギーを批判して全面欧化論を展開、一七年に胡適《フーシー》（こてき、一八九一〜一九六二）・陳独秀《チエントウシウ》（ちんどくしゅう、一八七九〜一九四二）の文学革命を主張する論文を掲載した。魯迅も留学以来の親友銭玄同《チエンシユワントン》（せんげんどう、一八八七〜一九三九）に誘われて、一八年にデビュー作「狂人日記」を発表している。このような日本・アメリカ留学組の知識人が提唱した文学革命とは、口語文による新しい文体の「国語」を創出し、国語によって民衆に国民国家共同体を想像させようとするものであった。

文学革命に続けて、政治・軍事の領域では、軍閥割拠の中華民国を武力により再統一しようとする国民革命の気運が高まる。そのいっぽうで、ロシア・ボルシェビズムの影響を受けた国民党および共産党とロシア革命に批判的なアナーキストとの三者が、革命の主導権を争うに至る。魯迅は動揺する知識人の心境を「希望とは本来あるとも言えないし、ないとも言えない……」と結ぶ短篇「故郷」で語っている。二三年一二月北京女子高等師範学校での講演「ノラは家を出てからどうなったか」は、イプセン『人形の家』のヒロインが出奔後にたどるであろう厳しい運命を語り、犠牲を避け粘り強い闘いにより女性の経済的権利獲得を目指すべきだと説く。ところが講演末尾で一転して「進んで犠牲となり苦しむことの快適さ」の特殊な例として、キリストの呪いを受け永遠に歩み続ける〝さまよえるユダヤ人〟伝説に触れている。この言葉からも、自らを罪人と自覚し自らに安息を許さず永遠の闘いを課そうとする魯迅の孤独な決意が窺われよう。

国民革命は一九二四年に国民党の指導者孫文《スンウェン》（そんぶん、一八六六～一九二五）が共産党との合作に踏み切ることで実現へと動きだした（第一次国共合作）。孫文は一年後に死去するものの、蔣介石《チアンチェシー》（しょうかいせき、一八八七～一九七五）が二六年七月、国民革命軍を率いて北伐戦争を敢行、翌年の四・一二反共クーデターによる共産党粛清を経て二八年末には中国をほぼ統一している。このとき魯迅は、蔣派の行動を革命への裏切りと厳しく非難して左翼文壇の旗頭となるいっぽう、北伐中に北京を脱し厦《シア》門《メン》・広州《クワンチョウ》を経て二七年一〇月、北京女高師講師時代の教え子の許広平《シュイクアンピン》（きょこうへい、一八九八〜一九六八）と上海郊外の瀟洒なマンションで同棲を始めている。上海では毎週のようにハイヤーで都心に通い、上映されるハリウッド映画を好んで見た。反体制作家の魯迅が印税収入により中産階級の生活を享受できたのは、三〇年代上海ではメディアが高度に発達し、近代的市民社会が一部なりとも実現されていたからである。

当時の上海は文芸論戦の街でもあり、二八年には国民革命から追われた左派内部での革命文学論戦が始まり、三〇年には言論統制を強化する国民党に対し、左派が大同団結して「無産階級革命文学」の旗を掲げた中国左翼作家連盟（略称、左連）を結成、右翼や中間派との論戦を巻き起こしていく。

論戦の街上海では国民党による白色テロが横行するいっぽう、三二年には満州事変と連動した日本軍による上海事変も勃発しており、上海時代の魯迅は四度にわたって日本の友人で内山書店経営者の内山完造宅などに数週間ずつ避難している。さらに国民党の厳しい検閲に対し、魯迅は次々とペン・ネームを変えたため、その数は生涯で一四〇にも上った。

満州事変に続き日本は華北に侵攻し日本製品の密輸を増大させたため、上海の民族資本家層も抗日に傾いた。そのいっぽうで左連内部では成立当初から作家の連合を重視する魯迅と共産党指導を重視する党員作家との間に溝があった。このため三五年末に共産党の抗日民族統一戦線政策に呼応して、周揚《チョウヤン》（しゅうよう、一九〇八～八九）が国防文学を提唱して左連を解散し三六年六月に中国文芸家協会を設立していくのに対し、魯迅やその弟子の胡風《フーフォン》（こふう、一九〇二～八五）らは国民党との再度の協力に対する拒否感と階級的観点から、「民族革命戦争の大衆文学」のスローガンを提起、七月にはアナーキストの巴金《パーチン》（はきん又は、ぱきん、一九〇四～二〇〇五）らの支持を得て文芸工作者宣言を発表したため、魯迅と周揚との対立は鮮明化した。

魯迅はこの国防文学論戦のさなかの一〇月一九日、持病の喘息の発作で急逝し、万国公墓に葬られた。中華人民共和国建国後の五六年には旧居近くの虹口公園（現・魯迅公園）に改葬され、現在に至る。

## (二) うらぶれさまよい歩く「僕」たち——第二創作集『彷徨』の世界

魯迅の創作は主に『吶喊《とっかん》』(一九二三)、『彷徨《ほうこう》』(一九二六)、『朝花夕拾《ちょうかせきしゅう》』(一九二八)、『故事新編《こじしんぺん》』(一九三六)、および散文詩集『野草《やそう》』(一九二七)にまとめられている。本書は『彷徨』と『故事新編』からそれぞれ四篇を収録した。『彷徨』は一九二四年から二五年までに執筆された短篇小説一一篇を収め、二六年八月北京・北新書局から刊行されている。

ロシア革命(一九一七)と五・四運動の衝撃下で、中国では孫文が一九一九年一〇月に非公然結社の中華革命党を中国国民党に改組、二一年七月に中国共産党成立と相次いで革命政党の組織化が始まり、それまで近代化の指導的存在であった知識階級は微妙な立場に立たされるようになった。とりわけ民族ブルジョワジーもプロレタリアもほとんど存在せず、そのかわりに全国の文化人と学生が集中していた「文化城」北京では、革命諸党派の動きは先鋭化、観念化する傾向にあり、不寛容な全体主義的状況さえ生まれていた。近代的市民社会の建設を主張し続けるべきか、それとも旧体制の体質に通じるような全体主義の急進的革命党派に馳せ参じるべきか、魯迅をはじめとする多くの知識階級は迷い続けていた。魯迅が自らの第二創作集に「さまよい歩く」という意味の書名『彷徨』を冠したことからも、当時の彼の心境が察せられよう。さらに魯迅は巻頭に「路《みち》は漫漫《まんまん》として其《そ》れ修遠なり／吾《わ》れ将《まさ》に上下して求め索《たず》ねんとす」という屈原《チュイユアン》（くつげん、前三四〇～前二七八。戦国時代楚の国の宰相でのちに憤死した）の『楚辞』「離騒」の一句を掲げてもいるのである。

第一創作集『吶喊』では伝統中国に対する批判が顕著であったが、『彷徨』所収の短篇群においては、伝統批判を通じて中国人が獲得しつつあった近代性に対しても深い省察がなされている。『吶喊』と比べて、全体に作品が長めになっているのも、彷徨しながらも批判的省察を深めるという創作姿勢に関わるのであろう。『彷徨』では苦境寂寞《せきばく》の中での沈思黙考という魯迅文学固有のテーマが、『吶喊』よりもさらに円熟した文体で、さまざまな視点から語られるのである。その中でも特に愛と死をテーマとする四作品を本書に収録した。

ちなみに当時の中国語には三人称女性代名詞はなく、魯迅も『吶喊』までは古典文学で使われていた「伊《イー》」で代用していたが、『彷徨』の巻頭作「祝福」から一九二〇年六月に「新青年」同人の劉半農《リウバンノン》（りゅうはんのう、一八九一～一九三四）が創造し提唱した「她《ター》」の使用に踏み切っている。男女間の愛情を描く時、「他」と「她」という一対の三人称男女代名詞が必要になったのであろうか。まだ三人称代名詞の使い方に未熟なところもあり、誰を指すかやや紛らわしい時もあるが、本書では原文が代名詞のところは可能なかぎり代名詞を生かすように訳出した。

「祝福」（原題：祝福）とは大晦日に鶏や鵞鳥《がちょう》、豚肉などのご馳走を調理し、五更（夜明けの約二時間前）に線香・ロウソクをともして福神たちにお供えし一年間の平安に感謝する行事のこと。「僕」は年末に故郷の小さな町魯鎮《ルーチエン》に帰り、地主の叔父の家に泊まっていたところ、以前この家の下女で、今は乞食となっている祥林嫂《シアンリンサオ》に河端で出会い、死後、魂はあるのか地獄もあるのかと問われて答えに窮してしまう。翌日の大晦日、「僕」は祥林嫂《シアンリンサオ》が行き倒れとなって急死したという知らせを聞き、記憶をたどって彼女の半生をつないでみると……。

人身売買による結婚、婚家による寡婦の再婚先への売却などの旧弊は、一九一二年の中華民国建国以後も残存し、祥林嫂《シアンリンサオ》のような善良で勤勉な農村女性を暴力的制度により苦しめていた。そればかりか当時女性の再婚は儒教的道徳観からは不貞と見なされていたため、再婚をした女は死ねば地獄に落ちて閻魔《えんま》様に鋸《のこぎり》で真っ二つにされ

二人の亡夫に分け与えられる、という迷信で別の手伝い女が祥林嫂《シアンリンサオ》を苦しめることになる。いっぽう「僕」の地主階級の叔父とその妻は利己的に儒教を信仰し、自らの一族の繁栄のみを祈って旧弊迷信を改革しようとしないばかりか、むしろ儒教信仰に忠実であろうとして、旧弊迷信に肩入れしていた。

語り手の「僕」は「本が読める、外にも出ている」(祥林嫂《シアンリンサオ》の言葉)改革派で、大都市の教育界に身を置く人のようではあるが、苦悩する祥林嫂《シアンリンサオ》の問いかけに対し「よく知らない」と答えて彼女を見捨て、翌日魯鎮を発って県城に行き、昔友人たちと楽しんだ名物料理を一人で食べようなどとお気楽な考えに耽っている。そんな無気力な新興中産階級の「僕」に最下層の女性の悲惨な半生を語らせることにより、本作は、一九二〇年代中国の村や町を覆っていた閉塞感を巧みに描き出しており、円熟した傑作といえよう。それにしても「僕」とは何者で、何を求めて故郷の魯鎮まで帰ってきたのだろうか。

「祝福」篇末には「一九二四年二月七日」の日付があり、原載誌にはこの日付に続けて「(R)」という記号が記されている。魯迅の日本語読み「ろじん = Rojin」のイニシャルであろうか。最初、上海・商務印書館発行の「東方雑誌」半月刊(月二回刊行)

第二一巻第六号（一九二四年三月二五日発行）に発表された。原題も「祝福」である。なお「祝福」は夏衍《シァーイエン》（かえん、一九〇〇～一九九五）改編の脚本により、一九五六年には民国期以来の名監督桑弧《サンフー》、同じく名女優白楊《バイヤン》らにより、建国後最初のカラー映画として北京映画製作所で映画化されている。

「酒楼にて」（原題：在酒楼上）も、帰郷した「僕」が、故郷で再会した旧友より語られたその旧友の帰郷体験を語る物語である。語り手の「僕」が北方から帰郷した際に近くのS市に立ち寄ったのは、十年ほど前に彼がこの街で一年間教員をしたことがあったからだ。しかしかつての同僚たちを訪ねてもみなこの街から出て行ってしまっており、一人で昔行きつけの酒楼（料理屋）の二階に上がり、隣りの廃園の雪景色を見ながら紹興酒を飲んでいると、そこに偶然にも学生時代の友人で教員時代の同僚でもあった呂緯甫《リュイウェイフー》がやって来る。呂《リュイ》もS市を出て済南《チーナン》、太原《タイユアン》へと流れて行き、同郷人の家（おそらく地方に赴任した高級官僚）で家庭教師として『詩経』や『孟子』などを教えているのだ。二人で五斤（約三〇〇〇cc）の大酒を飲みながら、「暇つぶし、つまらんこと（原文：無聊）」という言葉を繰り返し語るうちに、呂《リュイ》はこのたびの帰

郷の目的は夭逝した弟の墓の移転と、昔の家の東隣りの娘さんに花簪《はなかんざし》を届けるためだったと語り出すが……。

S市から「一五キロしか離れて」いない「僕」の故郷とは、「祝福」の舞台の魯鎮《ルーチエン》を連想させ、「祝福」の語り手「僕」が青春時代の思い出の味と懐かしむ鱶《ふか》ひれスープの酒楼がある県城とはS市を連想させる。本作で「僕」とその旧友は「グルリとひと回りするだけ」で故郷のS市圏に「舞い戻ってき」てしまうと苦笑するが、「祝福」の「僕」の同じような帰郷をも考え合わせると、当時の中国全体を覆う閉塞感と往時の故郷における青春へのノスタルジーがしみじみと感じられよう。

篇末には「一九二四年二月一六日」の日付があり、原載誌には「二月十六日（留）」と記されている。「（留）」の意味は不明。最初、上海・商務印書館発行の「小説月報」第一五巻第五号（一九二四年五月一〇日発行）に発表された。

「石鹼」（原題：肥皀）は夫が街で外国製の石鹼を買ってきたため、中年夫婦の間で一波乱が生じるようすを描く。紙銭（死者や幽霊、神を祭るときに焼く金箔を張った紙）作りの内職に励む妻との間に学生で十代半ばの長男、八歳と四、五歳の娘を持つ四銘《スーミン》は、戊戌変法（清朝末期、康有為《カンヨウウェイ》らが立憲君主制による近代化を目指した政治改革運動）の時期には洋式学堂開設や女子教育を提唱した開明派であったが、今や解放だ自由だという学生の空騒ぎに腹を立て、女学生の断髪に怒っている。妻に石鹼を買った時も、くどくどと品定めをしたあげく店員に紙包みを開けて中身を見せろと言って、居合わせた学生たちから old fool と笑われてしまい、帰宅後、old fool とは何ぞや、と息子に辞書を引くよう命じる始末だった。もっともこの石鹼というのも、街で孝女の誉れ高い若い乞食をからかうチンピラの「石鹼の二個も買ってきて、キュキュッと身体中を洗ってみろよ、なかなか美人になるぜ」という言葉に心を動かされたものらしい。夜になって詩の結社の募集原稿の題目を決めるため読書人仲間たちがやって来たとき、四銘《スーミン》が「孝女」という題を提唱し孝行な乞食娘の話をしたところ、なんと読書人たちは「石鹼でキュキュッ」がいたく気に入って大笑いしたため、妻は「恥知らずな」と怒って大事にしまっていた石鹼を、孝女とやらにくれてやったらいいとばかりにテーブルの上に放り出してしまうが……。

石鹼は一三世紀には地中海沿岸でオリーブ油と海藻を原料に家内工業的に作られていたが、ソーダ製造法の発明後の一九世紀初頭からフランスを中心に近代化学工業として発展した。日本にはじめて石鹼が渡来したのは、天文年間（一五三二〜五五）のポルトガル人渡航以後のこと、医薬として蘭医家の秘伝として製造された。明治維新後まもない一八七三年には民間事業として横浜に石鹼工場が創設され中国にも輸出されたが、欧米ブランド品に劣らぬ優良な石鹼が発売され「東洋第一の石鹼」を誇るに至るのは一八九〇年のこと。値段は桐箱三個入り三十五銭、盛り蕎麦が一枚一銭の時代にである。一九二〇年代に入っても石鹼は一ダースの建値（公表卸売り値段）は一円八〇銭もしていたという（日本経営史研究所・花王株式会社社史編纂室『花王史100年（1890年〜1990年）』一九九三年）。石鹼とは近代東アジアにおける香の革命の先兵であり、東アジアの近代化、欧化、国民国家建設のための身体行動改造において、男性に対して兵役やスポーツが果たした役割を、女性に対しては香水・洋服に先がけて石鹼が果たしていたといえよう（伊藤るり、坂元ひろ子、タニ・E・バーロウ編『モダンガールと植民地的近代──東アジアにおける帝国・資本・ジェンダー』岩波書店、二〇一〇年）。

そんな高価な外国石鹼を小道具として、本篇は変法運動期の開明派が急変する時代から取り残され、五・四時期には保守化かつ貧窮化していたようすや、当時の質素な暮らしの中産階級中年夫婦の、ほのかにセックスの匂いも漂う家庭生活を描きだしており興味深い。

「祝福」「酒楼にて」の二篇とは異なり、「石鹼」の主人公は語り手ではなく、三人称で語られる存在であり、帰郷の旅に出ることもないが、夜中に自宅の中庭を「独りぼっち」で長時間「ぶらぶら」歩き続けている。その意味ではやはり『彷徨』の主人公に相応《ふさわ》しい人物といえよう。

「石鹼」篇末には「一九二四年三月二二日」の日付があり、原載誌には「二四年三月二二日」と記されている。最初北京の日刊紙「晨報《チエンバオ》」副刊（付録）同年同月二七、二八両日に連載発表された。

「愛と死」（原題：「傷逝」）には篇末に「一九二五年一〇月二一日了」という記載があり、新聞・雑誌等には未発表のまま直接『彷徨』に収録された。『魯迅日記』には本篇執筆に関する記載はない。

本作は男性の手記という形式で、彼すなわち涓生《チユアンション》が彼女すなわち子君《ツーチユン》に求愛し、若い二人が周囲の好奇の目をはね返し、肉親の反対を押し切って同棲に踏み切るものの、生活苦と男性の心変わりにより愛が破綻していくようすを描いた短篇小説である。男女平等、自由恋愛といった新しい価値観に導かれて突き進んでいった一組の男女が、経済的に挫折するばかりか、男性の涓生《チュアンション》はいささか自分勝手に愛情そのものに疑問を抱くに至り、愛情が冷めてしまったという告白さえ行う。女性の子君《ツーチュン》はついに父親に連れ去られ原因不明のままその死が噂として涓生《チュアンション》に伝わる……。

本作に対してはこれまで、若い恋人たちの自由恋愛実践という勇敢な行動を押しつぶす旧態依然とした中国社会への批判、あるいは涓生《チュアンション》の軽薄な行動や反省への批判が主題であるとする解釈から、魯迅の最初の結婚や末弟周建人《チョウチエンレン》の結婚の破綻、あるいは魯迅・周作人《チョウツオレン》兄弟の仲違いといった魯迅三兄弟の私生活上の諸問題に関する告白であるとする解釈に至るまで、さまざまな試みがなされて来た。たとえば周作人は魯迅が本作を書きあげる九日前に同じく「傷逝」という題名のエッセーを北京の日刊紙「京報《チンバオ》」副刊に発表している。これは古代ローマの詩人カトゥルスによる弟の死を悼む詩を翻訳紹介したもので、あわせてビアズリーの挿絵も紹介しているのである（清水賢一郎〈もう一つの「傷逝」――周作人佚文の発見から〉、「しにか」一九九三年五月号所収）。

最近では浙江師範大学の研究者曹禧修《ツァオシーシウ》が、魯迅の「この作品の構造、その中のレベルについては、(執筆の)一年半前にきちんと考えていた」という言葉を手掛かりに、本作を三層構造に分析している。第一層とは涓生《チュアンション》と子君《ツーチュン》の恋愛結婚共同体と伝統社会との対立構造で、二人は伝統社会を否定しようとして逆に伝統社会に否定され、子君《ツーチュン》は命を代価として払い、涓生《チュアンション》は心に深い傷を負う。主人公以外の登場人物が無名であるのは、彼らが伝統社会の代弁者であるからだ。

第二層とは恋愛結婚共同体内部の涓生《チュアンション》と子君《ツーチュン》との夫婦対立構造で、涓生《チュアンション》の啓蒙により子君《ツーチュン》は「わたしはわたし自身のもの、あの人たちの誰にもわたしに干渉する権利はない！」と宣言したものの、彼女は自我の意味が分かっておらず——あたかも「阿Q正伝」の主人公阿Qが革命に対し無知であったように——同棲後に完全に自我を失ってしまった。

第三層とは涓生《チュアンション》は実は懺悔を逃れる懺悔者であり、彼が子君《ツーチュン》の死を悼むのではなく、彼は小説の読者に彼の魂の死を悼まれるという構造である。魯迅は題名に妻の死を悼む「悼亡《とうぼう》」を用いずに友人の死を悼む「傷逝《しょうせい》」を用い、さらに本文を涓生《チュアンション》による一人称で語らせているにもかかわらず、小説の副題を「涓生《チュアンション》の手記」と三人称で命名することにより、読者に子君《ツーチュン》の死に対し直接の責任を負う涓生《チュアンション》の「懺悔」の虚実を裁き、彼の魂の自滅を友人として弔うことを要求している、と曹禧修は指摘する。そして真実、すなわち自らの罪を直視しない点では涓生《チュアンション》も阿Qと同じであり、「涓生《チュアンション》の魂の悲劇は実は思想啓蒙者の悲劇である。啓蒙者にとって、最も難しい仕事は他人の啓蒙ではなく、自己解剖自己反省なのである」という結論に至るのである（〈論「傷逝」的結構層次及其叙事策略〉、「学術月刊」二〇〇五年一月刊所収）。

「祝福」や「酒楼にて」の語り手である「僕」らが、辛亥革命の不成功に失望し、閉塞状況の社会に絶望して、孤独で無気力になっているように、彼らよりも一世代若い涓生《チュアンション》も、恋人子君《ツーチュン》に対する啓蒙者兼内縁の夫として犯した罪を直視せぬままに、さらに孤独で無気力な中年に至る道を進むのであろうか。

だが恋愛悲劇を忘却し生を求め続けようと決意する涓生《チュアンション》の物語は、単なる批判の対象とは描かれてはいない。涓生《チュアンション》は三度まで恋人の死を思う一方で、「どこへ行くのか」と三度自問自答している。この問いかけは、イエスを三度否定したのち殉教の道をたどるペテロの「クオヴァディス（主よ何処へ行き給う）伝説」に重ねられよう。魯迅は日本留学時代にポーランドのノーベル賞作家シェンキェヴィチの代表作

『クォヴァディス』（一八九六）の影響を受けたと推定されるいっぽうで、本作執筆時を挟む前後約三年間に、イエスに対する罵りの罪により永遠の流浪を運命づけられた〝さまよえるユダヤ人〟、アハスエルスの伝説に言及する講演「ノラは家を出てからどうなったか」（一九二三年一二月の講演）から、裏切りの罪を語った「父の病」（二六年一〇月執筆）に至るまでの文学活動を行っている。

　この二〇年代中葉期において、魯迅はさまよえるユダヤ人伝説における永遠の歩みのテーマに基づいて詩劇「旅人」を創作し、日本詩人伊東幹夫の詩「われ独り歩まん」を翻訳する一方で、少年期の弟の魂を虐殺したという告白「たこ」を書きながら罪のテーマを追求していた。罪と永遠の歩みというテーマがクオヴァディス伝説を媒介にして本作として成立したのではあるまいか。それは罪を自覚せし者に科せられる贖罪《しょくざい》としての永遠の安息なき歩みという哲学であり、本作に至るまでの一連の文学的営為は、魯迅が贖罪の哲学を探り当てるまでの思想的葛藤の記録として読めるのではあるまいか。

　ちなみに魯迅はエッセー「私はいかにして小説を書き始めたか」（一九三三）で、日本留学時代に愛読した作家として夏目漱石と共に森鷗外も挙げており、本作と『舞姫』

との影響関係も興味深い（杉野元子〈悔恨と悲哀の手記――魯迅『傷逝』と森鷗外『舞姫』〉、「比較文学」一九九四年三月刊所収）。しかし帰国の船の停泊地セイゴン（現・ホーチミン市）［「セイゴン」は『舞姫』原文ママ］で手記を書いている『舞姫』の豊太郎には、そこから再びドイツに引き返してエリスと再会するという選択肢が残されているが（西成彦『世界文学のなかの「舞姫」』みすず書房、二〇〇九年）、本作の涓生《チュアンション》には本人が語るように地獄に行かぬ限りは、彼が棄てた恋人との再会はあり得ないのである。

なお小説の中で若い二人が同棲生活を始める吉兆胡同《チーチャオフートン》とは、北京市東四北大街の東側を並行して走る朝陽門北小街の東隣りに実在する短い裏通りで、魯迅が「『公理』の手品」（一九二五、『華蓋集《かがいしゅう》』）で「女師大事件」での論敵であった陳源《チェンユアン》（ちんげん、一八九六～一九七〇）、丁西林《ティンシーリン》（ていせいりん、一八九三～一九七四）、高一涵《カオイーハン》（こういっかん、一八八五～一九六八）ら「現代評論」派の北京大学教授が住んでいる場所と指摘しているのは興味深い。

## （三）笑いで語る英雄聖賢たちの奇談・美談――『故事新編』の世界

『故事新編』は魯迅が一九二六年末から三五年までに執筆した小説七篇と、篇末に

「一九二二年一一月作」と記載された「補天」とあわせて八篇を収録し、三六年一月に上海・文化生活出版社より『文学叢刊』（巴金《パーチン》編）の一冊として刊行された。

魯迅は芥川龍之介のいわゆる王朝物である「鼻」「羅生門」を訳しており、その際の訳者解説で「（芥川は）これらの材料に含まれる古人の生活から、自分の心もちにぴったり来るようなあるものを取り出そうとするため、古代の物語は彼の改作を経ると、新しい生命を注ぎ込まれて、現代人と関係を生じる」と述べているため、『故事新編』への芥川の影響も指摘されている。もっとも芥川が王朝世界を借りながら「鼻」でユーモラスに人生における幸福を描き、「羅生門」で人生の現実を過酷に描いて理知的な枠を守っているのに対し、『故事新編』は神話的英雄や古代の聖賢を主人公としながら、「補天」のエロティシズム、「鋳剣」の激越な復讐の情念、「非攻」の平和への信念に基づくアハスエルスのごとき永遠不休の歩み、そして「奔月」「理水」「采薇」「出関」「起死」の諷刺と哄笑と、喜怒哀楽の喚声で満ち溢れている。ひと言で言えば、笑う魯迅文学なのである。

笑う魯迅といえば、戦後日本で活躍した評論家花田清輝（一九〇九～七四）は特に『故事新編』を好み、日本へのブレヒト紹介者でもある作家の長谷川四郎（一九〇九～

八七）らとともに「非攻」「理水」「出関」「鋳剣」の戯曲化を試みている（「文藝」一九七四年五月号原載、花田清輝・小沢信男・佐々木基一・長谷川四郎共著『戯曲故事新編』河出書房新社、一九七五年）。

また中国でも北京大学教授の陳平原《チエンピンユアン》が舞台への一体化を妨げる〈異化作用〉により観客の批判精神を喚起するブレヒトの戯曲と比較しながら、魯迅は『故事新編』で歴史の中に現代的異物を持ち込んでブレヒトの異化作用と同様の試みを行ったと論じている〈魯迅的『故事新編』与布莱希特的〝史詩戯劇〟〉一九八三年発表、『陳平原小説史論集』上巻所収、河北人民出版社、一九九七年）。

以下、本書収録の四作品を紹介したい。なお魯迅は作品集刊行に際しては常に収録作品を執筆順に並べたが、『故事新編』だけは題材の時代順に配列している。

「奔月《ほんげつ》――弓の名人の羿《げい》と月へ逃げたお后《きさき》の物語」（原題：奔月）の題名の「奔月」とは、月へ逃げる、という意味である。伝説的英雄で弓の名人であった羿《げい》は、熊や駱《らく》駝《だ》、大蛇《だいじゃ》に大猪《だいちょ》を獲り尽くしてしまい、最近では鴉《からす》と雀ぐらいしか獲物にならない。このため美しいお后嫦娥《じょうが》は鴉の炸醤麺《チャーチアンメン》に飽きてしまい、かつて羿《げい》が道士からもらった不死の薬を勝手に持ち出し、家出してしまった。相変わらずの不猟から帰宅してこれを知った羿《げい》は怒り狂い、その昔、太陽も射落としたという弓に三本の矢をつがえて月へと打ち込むが……。

「私が老けてきたからではないだろうな。彼女は先月こうも言っていた――年取ってもいないのに、もしも老人を気取るのなら、それは思想的堕落」などの言葉は、魯迅北京在住中の一九二五年に、彼の援助下で文芸誌を刊行していた高長虹《カオチャンホン》（こうちょうこう、一八九八～一九四九）が、誤解が原因で魯迅を非難して書いた文章を下敷きにしたものである。当時の高《カオ》は文芸誌「莽原《もうげん》」編集をめぐり韋素園《ウェイスーユアン》（いそえん、一九〇二～三二）と対立しており、いっぽう韋《ウェイ》は魯迅に対し高が許広平に横恋慕していると伝えたため魯迅は高と断絶状態になり、これにショックを受けた高が「老人ぶるのは思想的堕落」という批判を行ったのである。

ちなみに許広平は「奔月」執筆当時にはすでに魯迅と愛人関係を結んでいたと思われる。また高長虹は二六年一一月に「わたしが遥か彼方を歩いていると／月がわたしに頷いた……わたしは月を太陽に渡した／太陽は彼女を連れて夜に帰って行った」という詩を発表しており、これに対し韋素園は太陽が高長虹、月が許広平、夜が魯迅という解釈を魯迅に伝えたのである（南雲智〈雑誌「莽原」をめぐる高長虹と韋素園〉、『東洋学論集　中村璋八博士古稀記念』所収、汲古書院、一九九六年）。

作品の末尾で魯迅は羿《げい》に嫦娥《じょうが》を諦めることなく、「明日には例の道士を再訪して仙薬を一服所望し、それを飲んで追いかけるとしよう」と語らせている。これは、当時事情があって自分は厦門、許広平は広州と分かれて住んでいた魯迅が、私は決して愛を諦めることはない、と決意表明を行ったとも読めようか。

本作はじめ『故事新編』には多くの食べ物が登場し、それらの多くは古代には存在しなかったものである。たとえば嫦娥《じょうが》が見るも嫌なほど食べ飽きた炸醤麵《チャーチアンメン》（原文：炸醬面。ゆでたうどんに各種の具や調味料を混ぜ合わせて食べるもの）や、英雄の羿《げい》が狩猟の弁当に持参する蒸餅《チョンピン》などの麵類・餅《ピン》類は、西アジアからの製粉技術導入により漢代に普及した食べ物であり、調味料の辛子味噌（原文：辣酱）や鶏の唐辛子煮（原文：辣子鸡）の原料である唐辛子および「非攻」の墨子が携行する窩窩頭《ウォーウォートウ》の原料であるトウモロコシは、明代にアメリカ大陸から東南アジア経由で渡来した植物である。文字学者でもあった魯迅は、このような食物史をよく承知していたはずであるのに、なぜわざわざ古代にあるはずのない食べ物を本作に描き込んだのだろうか。

一つは古代の聖人英雄が食べるはずのない食べ物を登場させることにより、一種の異化作用を狙ったのであろう。またこれらの食べ物は魯迅の他の小説・エッセー・書簡・日記にはほとんど登場せず、辛子味噌は小説「酒楼にて」の語り手「僕」の好物として、トウモロコシ粉は魯迅と許広平とのラブレター集である『両地書』一九二九年六月一日の手紙に北京土産「梆子麵《バンツーミエン》」（トウモロコシの粉の方言。「棒子麵」とも書く）として登場するのみである。あるいは二人の好物を描き込んだのだろうか。

また鶏の唐辛子煮は魯迅の論敵であった詩人徐志摩《シュイチーモー》（じょしま、一八九七〜一九三一）を諷刺するエッセー「「音楽」？」（一九二四年一二月一五日発表、『集外集』所収）にのみ登場する。あるいは魯迅の好物であり徐志摩の苦手料理だったのかもしれない。

本篇は半月刊誌「莽原」第二巻第二期（一九二七年一月）に発表された。篇末に「一九二六年一二月作」と執筆年月が添えられているが、原載誌では「一九二六、十二、三十。」と記されていた。

「鋳剣《ちゅうけん》——眉間尺《みけんじゃく》少年と黒い男の復讐の物語」（原題：「鋳剣」）は半月刊誌「莽原」第二巻第八、九期（一九二七年四月）に発表され、その際の原題は「眉間尺」。一九三三年三月刊行の『魯迅自選集』収録時に「鋳剣」に改められ、『故事新編』収録時に篇末に「一九二六年一〇月」と執筆年月らしきものが書き加えられているが、『魯迅日記』二七年四月三日の項に「『眉間赤《原文ママ》』を書き終える」という記載があるため、この日に改稿したものと想像される。

「鋳剣」は魏晋の志怪書『列異伝』『捜神記』などに見られる眉間尺復讐の伝説に材源を得たものだが、直接には作品完成の二年前に入手した池田大伍編著『支那童話集』（冨山房）に収められた「眉間尺《みけんじゃく》」にヒントを得たものと思われる。また魯迅は一九二三年『現代日本小説集』刊行の際に、菊池寛「ある敵討の話」を翻訳しており、この菊池作品にも本作は影響を受けているという（藤重典子〈戦場としての身体——「鋳剣」を読む〉、「同志社外国文学研究69」所収、一九九五年）。

俺が君に代わって父上の復讐を果たそうという黒い男の申し出に対し、眉間尺少年が自刎《じふん》し自ら首を差し出すと、黒い男が少年の生首に口づけする一場は、O・ワイルドの一幕劇『サロメ』の聖者ヨハネの首にサロメが口づけする場面にも通じる。魯迅は「鋳剣」執筆後に『ビアズリー画選』を編集しており、ビアズリー作『サロメ』の挿画がワイルドと魯迅とを媒介したようすである。両者の影響関係に関しては工藤貴正の著書（『魯迅と西洋近代文芸思潮』汲古書院、二〇〇八年）や星野幸代の研究に詳しい（〈魯迅「『ビアズリー画選』小序」の成立――シモンズ、ジャクソンの影響を中心に〉、「比較文学」第51巻所収、二〇〇八年）。

父が鋳造した剣による復讐のため眉間尺少年が母と別れを告げる場面に「魯迅自身の母性による性的呪縛からの解放」と「男性としての内なる性の回復」の暗示を見出し、その眉間尺に本作執筆当時すでに魯迅が愛していた許広平を、黒い男に魯迅自身を読み取り「凄惨な復讐劇が……愛の成就により、エロスの世界に変容している」と指摘するのは、湯山トミ子〈愛と復讐の新伝説「鋳剣」――魯迅が語る〝性の復権〟と〝生の定立〟〉（「成蹊法学」65号所収、二〇〇七年）である。そのいっぽうで星野は魯迅が一九二四年一二月に見たアラ・ナジモヴァ主演のサイレント映画『サロメ』のキス・シーンの分析に基づき、ゲイ小説としての「鋳剣」の可能性も指摘している（〈生首へのキス――「サロメ」と魯迅「鋳剣」〉、『言語文化研究叢書6』所収、二〇〇七年）。「鋳剣」の中で、黒い男は繰り返し奇妙な歌を唱うが、これについて魯迅自身は増田渉宛ての手紙（一九三六年三月二八日、原文日本語）で次のように述べている。

「鋳剣」の中にはそう難解な処《ところ》はないと思ふ。併《しか》し注意しておきたいのは、即《すなわ》ち其中《そのなか》にある歌はみなはっきりした意味を出して居《い》ない事です。変挺《へんてこ》な人間と首が歌ふものですから我々の様な普通な人間には解り兼《かね》るはづです。

作中黒い男が繰り返し唱うこの歌の不可解さとは、深淵のごとき愛と憎の情念を抱き続けた魯迅文学の測り難さに通じるものと思われるのである。

なお先述したように、花田清輝が「鋳剣」を「首が飛んでも　眉間尺」というこれまたグロテスクな哄笑に満ちた戯曲に改編している。

「非攻《ひこう》――平和主義者の墨子《ぼくし》と戦争マニアの物語」（原題：「非攻」）は末尾に「一九三四年八月作」と記されており、未発表のまま『故事新編』に収められた。春秋戦国期の思想家墨子《ぼくし》（前四六八頃～前三七六頃）の「非攻」すなわち反戦のために教団の組織とテクノロジーを駆使しその先頭に立って奔走するようすを描いており、主に墨家の書である『墨子』「公輸《こうしゅ》」篇に取材したものである。「非攻」とは攻略に反対する、という意味である。

魯国の人である墨子は大国の楚が小国の宋に攻め入ろうとしているのを知って十日間歩き続けて楚の都に行き、楚王のために攻城用兵器の雲梯《うんてい》を作っている公輸般《こうしゅはん》を訪ね、平和論と人類愛を説く。さらに公輸般に頼んで楚王に面会した墨子は、王の前で公輸般を相手に模型を使って模擬戦を行い、九度守って守り抜き、攻守相変わってはは三度の攻めで攻め落とした。それでも勝ち目はある、あなたを殺してしまえば、と言いたげな公輸般を前にして、墨子が王に向かってさらに周到なる用意のほどを語ると……。

「非攻」と「兼愛」、すなわち平和と人類愛のために、思想と技術と組織力を背景に歩み続ける墨子像には魯迅の深い共感がこめられているのであろう。

すでに述べた通り、作家の長谷川四郎が一九六四年に「非攻」の戯曲化を試みている。また最近では酒見賢一が同じく『墨子』「公輸」篇を膨らまして小説『墨攻』（新潮社、一九九一年）を書き、これを森秀樹がコミックス版『墨攻』（小学館「ビッグコミック」連載、一九九二〜九六年）へと漫画化し、さらにコミックス版『墨攻』が香港で「墨子攻略」という題名で中国語訳され、そして二〇〇六年にはこのコミックス版を原作として劉徳華《アンディラウ》主演で日中韓港合作映画『墨攻』が製作されている。近代日本文学研究者の島村輝は、『墨攻』の小説・コミック・映画の各版を、今日の東アジア文化圏の戦争と平和をめぐる状況と可能性の中で比較検討して、次のように指摘している。

墨子の「兼愛」と「非攻」は、本質的には差別なき博愛主義と強者による侵略戦争の否定である。しかしその侵略を阻止する現実的手段としては、専守防衛のための強固な戦力を固めなければならないとする。前者が墨子の哲学的基盤ではあるが、現実的手段として採られた後者との間には矛盾が生じてくる。原作小説やコミックス版では、主人公の革離は現実的手段を優先し、冷徹に実践していく戦闘職人としての面に光を当てて描かれている。「平和」実現のためには防衛のための武力行使は認められる。しかもその武力行使は徹底したものにしなければならない……しかし映画製作にあたった関係者たちの考えは……戦争そのものの無益さ、「戦争のもとに英雄はいない」という……この映画に特有のものである……墨子の時代には「兼愛」の手段として侵略者を徹底的に殲滅する防衛方法が編み出される合理性があったかもしれない。しかしその手段が目的をどこかに見失うような結果を生み出すとしたら、その合理性こそが疑われるべきである。

（〈「異本」と「異文化」――『墨攻』のテクストとメディア〉、『二十一世紀東北亜日本研究論文集』所収、北京日本学研究中心編、学苑出版社、二〇〇九年）

魯迅が「非攻」を書いたのは満州事変（一九三一）と日中戦争開戦（一九三七）の戦間期であった。平和と人類愛の物語は、今も東アジア文化の中でさまざまなメディアで語り継がれているのである。

「出関《しゅっかん》――砂漠に逃れた老子《ろうし》と関所役人の物語」（原題：「出関」）は上海の「海燕」月刊第一期（一九三六年一月二〇日）に発表された。『故事新編』収録時に篇末に「一九三五年一二月作」と加筆されている。「出関」とは関所を出るという意味である。『史記』「老子韓非列伝」は、老子が周の国の図書館の史官を勤めているところに、孔子が教えを乞いに訪ねて行ったこと、その後、周王朝が衰えたので老子は西方へと旅立ち、関所通過の際に、関守の関尹喜《かんいんき》の求めに応じ『道徳経』上下二篇を書き残して立ち去った、と伝えている。「出関」はこれを脚色した小説である。他者を変えるには自ら変化に身を置かねばならない、という真理を孔子が悟ったため、老子は師である自分は邪魔者扱いされるだろうと予見し、西方へ去ろうとして函谷関まで来たところ、関所の役人関尹喜《かんいんき》に乞われて道徳経の講義を行うことになり、それを原稿にまとめて、関所の外の砂漠へと出て行くが……。

職業作家の魯迅も政治・社会・文化各方面にわたる論争に疲れて、時に老子出関の故事に共感を覚えたこともあったろう。だが厳しい中国の状況では、そんな魯迅の「出関」願望はとても許されるものではなかった。

『故事新編』後半数篇のうち、なぜか「出関」だけが単行本刊行月と同時に雑誌に発表されると、特定の個人を諷刺したもの、および老子とは魯迅自らを喩えたもの、という二種類の批評が出たという。これを受けて魯迅は「『出関』の〈関〉」(『且介亭雑《そかいていざつ》文末編《ぶんまつへん》』収録)を書いて、自分はむしろ「関所の所長の嘲笑」に共感を覚えており、老子のあとを追って「孤独と悲哀に墜ち」ないように、と読者に呼びかけたい、と釈明している。当時、国防文学論戦が沸騰していた上海では、文豪魯迅が「出関」のような作品を発表すること自体が論争の対象となったのである。

珠玉のエッセー「藤野先生」(一九二六年発表。光文社古典新訳文庫『故郷/阿Q正伝』に収録)で魯迅は「夜中に疲れて、怠け心が出てくるたびに、仰向いて明かりの中に照らし出される先生の瘦せた色黒い顔をひと目見ると、今にも抑揚のある大きい声で話し出さんばかりのようすで、僕はハッと良心を取り戻し、勇気も増して、そこで夕バコに火を付けては、再び『正人君子』の輩からおおいに嫌われ憎まれる文章を書き出すのだ」と述べている。「出関」というフィクションで隠遁願望を果たした魯迅は、藤野先生に励まされたのであろうか、十カ月後に急逝するまで、論敵を悩まし怒らせる文章を書き続けるのであった。

本書の翻訳に際しては、主に竹内好訳『魯迅文集』第1、2巻（ちくま文庫）と丸尾常喜訳『彷徨』および木山英雄訳『故事新編』（それぞれ学習研究社版『魯迅全集』第二、三巻収録）を参考にしたほか、William A. Lyell訳 Lu Xun "*Diary of a Madman and Other Stories*" (Honolulu, University of Hawaii Press) など各種の翻訳も参照した。古典引用文の訓読・現代語訳に際しては、『論語』に関しては吉川幸次郎『論語（上・下）』（朝日選書）を、『墨子』に関しては高田淳『墨子』（明徳出版社）を、『老子』に関しては蜂屋邦夫訳『老子』（岩波文庫）から参照引用した。注釈の多くは二〇〇五年版全一八巻の『魯迅全集』（人民文学出版社）第二巻の注を参照した。

なお、魯迅の伝記については光文社古典新訳文庫収録の拙訳『故郷／阿Q正伝』解説でさらに詳しく述べている。また詳細な伝記および作品解説については、拙著『魯迅事典』（三省堂）を参照していただきたい。

# 魯迅年譜

一八八一年
九月二五日、浙江《チョーチアン》省紹興《シャオシン》で生まれる。

一八八五年　四歳
弟の周作人《チョウツオレン》生まれる。

一八九三年　一二歳
祖父の周福清《チョウフーチン》が科挙不正事件で入獄。

一八九六年　一五歳
父の周鳳儀《チョウフォンイー》病死。

一八九八年　一七歳
南京・江南水師学堂に入学。戊戌《ぼじゅつ》政変。

一八九九年　一八歳
南京・鉱務鉄路学堂に入学。義和団蜂起。

一九〇二年　二一歳
三月、日本留学に出発して、四月四日東京着。梁啓超《リアンチーチャオ》、東京で「新民叢報」「新小説」を創刊。

一九〇三年　二二歳
『月世界旅行』（ヴェルヌ）を翻訳刊行。

一九〇四年　二三歳
四月に弘文学院を卒業、九月に仙台医学専門学校（仙台医専）に入学。

一九〇六年　二五歳
三月に仙台医専を退学して東京に帰る。
夏に一時帰国し、朱安《チューアン》と結婚。周作

人を連れて再来日。

一九〇七年　二六歳
夏に許寿裳《シュイショウシャン》・周作人と文芸誌「新生」を計画するが失敗。

一九〇八年　二七歳
三月、イプセンについて言及した論文「摩羅詩力説《まらしりょくのせつ》」を発表。四月に夏目漱石旧宅に転居し、伍舎《ごしゃ》と名づける。

一九〇九年　二八歳
三月と七月に翻訳短篇集『域外小説集』第一、二巻を刊行。八月に帰国。九月に杭州《ハンチョウ》浙江両級師範学堂教員となる。

一九一〇年　二九歳
八月に紹興府中学堂教員兼教務長となる。

一九一一年　三〇歳
五月に周作人・羽太信子《はぶとのぶこ》夫妻を迎えに東京へ行く。一〇月に辛亥革命勃発。一一月、浙江山会初級師範学堂校長となる。

一九一二年　三一歳
一月に中華民国成立。二月に南京に行き教育部に勤務。五月に臨時政府の移転にともない北京に転居。袁世凱《ユワンシーカイ》が臨時大総統に就任。

一九一三年　三二歳
四月に小説「懐旧」を発表。反袁第二革命が失敗して孫文《スンウェン》が日本に亡命する。

一九一五年　三四歳
日本が中国に二十一カ条要求。陳独秀《チェントゥシウ》が上海で「青年雑誌」を創刊（翌年「新青年」に改称）。芥川龍之介が「羅生門」を発表。
一九一七年　三六歳
一月に胡適《フーシー》が「文学改良芻議」を発表。
四月に周作人が紹興より北京に到り、紹興会館で魯迅と同居を始める。七月に張勲《チャンシュン》の清朝復辟クーデターが失敗。
八月に中国が第一次世界大戦に参戦して対独宣戦布告。一一月にロシア革命。
一九一八年　三七歳
六月に「狂人日記」発表。
一九一九年　三八歳
五月に五・四運動勃発。八月頃から九月頃にかけて「孔乙己《コンイーチー》」と「薬」を発表。
一〇月に中華革命党が国民党と改称。
一一月に北京・八道湾《バータオワン》に周一族で転居。
一二月に紹興に帰り母らを迎える。
一九二〇年　三九歳
八月に北京大学非常勤講師となる。
一九二一年　四〇歳
四月から七月まで芥川龍之介が訪中。
七月に中国共産党成立。八月頃に「故郷」を発表。一二月から翌年二月まで「阿Q正伝」連載。
一九二二年　四一歳
七月に翻訳『或る青年の夢』（武者小路実篤）を刊行。
一九二三年　四二歳
六月に『現代日本小説集』（周作人共訳）を刊行。七月に周作人と不和となる。八月に磚塔胡同《チュアンターフートン》へ転居、第一創作集『吶喊《とっかん》』を刊行。一二月に『中国小説史略』を刊行。同月、北京女子高等師範学校で「ノラは家を出てからどうなったか」を講演。

一九二四年　四三歳

一月に第一次国共合作成立。五月に西三条胡同《シーサンティアオフートン》へ転居。七月に西安《シーアン》・西北《シーペイ》大学で夏期講座。

一九二五年　四四歳

三月に許広平《シュイクアンピン》との往復書簡が始まる。五月に北京女子師範大学事件に関する宣言を発表。五・三〇事件勃発。一一月に第一エッセー集『熱風《ねっぷう》』を刊行。

一九二六年　四五歳

七月に北伐戦争開始。八月に第二創作集『彷徨《ほうこう》』を刊行、北京を脱出して厦門《シアメン》大学教授となる。

一九二七年　四六歳

一月に広州《クワンチョウ》へ移動して中山《チョンシャン》大学教授となる。四月に四・一二反共クーデター勃発。「鋳剣《ちゅうけん》」を脱稿。六月に中山大学を辞職。七月に散文詩集『野《や》草《そう》』を刊行。一〇月に許広平と上海へ移動し同棲を開始。中共の井崗山《チンカンシャン》根拠地が成立。

一九二八年　四七歳

二月に創造社と革命文学論戦を開始。六月に日本軍が張作霖《チャンツオリン》を爆殺。九月に自伝的小説集『朝花夕拾《ちょうかせきしゅう》』を刊行。

一九二九年　四八歳

四月に『ビアズリー画選』を編集刊行。五月に北京を訪問。九月に息子の周《チョウ》海嬰《ハイイン》が生まれる。一〇月に世界大恐慌勃発。
一九三〇年　四九歳
三月に中国左翼作家連盟（左連）結成。
一九三一年　五〇歳
一月に左連五烈士事件のため一時避難。
九月に満州事変勃発。
一九三二年　五一歳
一月に上海事変勃発のため一時内山書店に避難。一一月に北京訪問。
一九三三年　五二歳
四月に上海・施高塔路《スコットロード》大陸新村《ダールーシンソン》に転居。
許広平との往復書簡集『両地書《りょうちしょ》』を刊行。
一九三四年　五三歳
一九三五年　五四歳
一〇月に紅軍長征開始。一〇月に毛沢東軍、陝北《シャンペイ》ソビエト区に到着。一一月に翻訳『死せる魂』（ゴーゴリ）を刊行。
一九三六年　五五歳
一月に『故事新編《こじしんぺん》』を刊行。二月に東京で二・二六事件勃発。六月に国防文学論戦が始まる。一〇月一九日、魯迅逝去。一二月に西安事件勃発。

# 訳者あとがき

古典新訳文庫では最初の中国文学作品として、拙訳『故郷／阿Q正伝』が刊行されたのは、昨年のことでした。日本には百年に及ぶ魯迅読みの伝統があり、魯迅文学は岩波文庫など各文庫に収録されているほか、全二〇巻の完訳版『魯迅全集』も刊行されています。しかしこれまでの魯迅の日本語訳は、総じて日本文化への土着化傾向を色濃く持っており、必ずしも魯迅の文体や思考を十分に伝えるものではありませんでした。

その中でも岩波文庫『阿Q正伝・狂人日記』の訳者であり、ほとんどすべての国語教科書に訳文が採用されている竹内好（一九一〇〜七七）による翻訳は、土着化・日本語化の典型的な例といえるでしょう。竹内訳は魯迅の原文と比べて数倍もの句点「。」を使って、本来は数行にわたる長文を多数の短文に切断し、伝統と近代のはざまで苦闘していた魯迅の屈折した文体を、現代の日本人の好みに合うように意訳を行っています（詳しくは『故郷／阿Q正伝』「訳者あとがき」をご参照ください）。

そこで新訳に際しては、魯迅を土着化すなわち現代日本語化するのではなく、むしろ日本語訳文を魯迅化することにより、時代の大転換期を生きた魯迅の深い苦悩を伝えようと努めました。句点も原則として魯迅の原文に準じ、些細な差異も忠実に訳し分け、一見矛盾する表現も無理に日本風に合理化して意訳することなく、できる限り直訳するように心がけました。

珠玉の名作「故郷」における語り手「僕」と、少年時代の友人で農民の閏土《ルントウ》との再会の場面を例に挙げてみましょう（『故郷／阿Q正伝』62〜63頁）。「わあ！　閏《ルン》兄ちゃん」という「僕」の呼び掛けに対し、閏土《ルントウ》は一瞬ためらうものの「旦那様！」と答えて「僕」を驚かせ、同行した五男にも「旦那様」に最敬礼の挨拶をさせようとしますが、その息子はまさに「二十年前の閏土《ルントウ》」であり、そこに現れた「僕」の母が閏土《ルントウ》に向かって「遠慮なんかしちゃいけないよ。二人は昔は兄弟同様の仲だったでしょう。これまで通り、迅《シュン》坊っちゃんと呼んだらいいさ」と答える場面です。

竹内訳では二人が出会ったのは三十年前だから、という理由で「二十年前の閏土《ルントウ》」を「三十年前の閏土《ルントウ》」に「訂正」しています。また魯迅は少年時代の二人の間にも微妙に階級差があったことを「閏《ルン》兄ちゃん（原文：闰土哥《ルントウコー》）」と「迅《シュン》坊っちゃん（原文：迅哥儿《シュンコール》）」という呼び掛けの差違で明示しているのですが（〝哥〟は〝兄〟、〝哥儿〟は〝坊っちゃん〟という意味）、竹内訳では「閏ちゃん」「迅ちゃん」と対等な呼称を当てています。このような翻訳は、原作者魯迅に対するリスペクトを欠いているのではないでしょうか。

そして閏土《ルントウ》が息子を紹介する場面は、次のような長文です。

「彼の陰に隠れていた息子を引っぱり出したが、それこそまさに二十年前の閏土《ルントウ》であり、ただ顔色がやや黄色くやせ気味で、銀の首輪もかかっていなかった」

「僕」が二十年前までよく覚えていた閏土《ルントウ》のイメージを、さらに十年、三十年前の最初の出会いにまで溯り、イメージの細部までも思い出していくという記憶回復の経過を巧みに描く文章です。これを竹内訳は次のように訳しています。

「かれの背に隠れていた子どもを前へ出した。これぞまさしく三十年前の閏土であった。いくらか痩せて、顔色が悪く、銀の首輪もしていない違いはあるけれども」

このように一つの文章に二つの句点を加筆して分節化した竹内訳では、閏土《ルントウ》をめぐる少年時代十年の思い出と成年以後二十年の忘却を経て、現在の再会がある、という

「僕」の記憶における屈折は、少なからず減少しているといえるでしょう。

新訳刊行前には、このような直訳魯迅では、竹内訳等の旧訳よりも読みにくくなり、現代日本の愛書家に受け入れられないのではないかという危惧もありました。しかしふたを開けてみると、幸いにも多くの新旧魯迅愛読者のご理解を得ることができ、心強く感じています。

そこで古典新訳版魯迅第二作として『酒楼にて／非攻』を刊行するに当たり、翻訳に際しては『故郷／阿Q正伝』と同様、原文の文体を尊重し、細部も疎かにせず、愚直なまでの直訳に徹しました。前半の四篇は魯迅の第二創作集『彷徨《ほうこう》』から選んだ短篇小説で、中華民国前半期の閉塞した時代にあって、恋人や隣人の不条理な死と、それに苦悩し彷徨《さまよ》い歩く語り手たちを描いています。後半の四篇は魯迅最後の創作集『故事新編』から選んだもので、神話的英雄や古代の聖賢を主人公としながら、喜怒哀楽の喚声に満ち溢れた作品群です。

魯迅は現代中国の原点であり、太宰治、武田泰淳そして大江健三郎ら近現代日本の作家にも大きな影響を与え続けてきました。村上春樹の新作『1Q84 BOOK3』で「青豆」や「天吾」と共に主人公を演じる「牛河」とは、その容貌・性格・境遇から名前などを考えるほどに、「阿Q正伝」の主人公阿Qの直系であると言えるのではないでしょうか。ちなみに「牛河」を反転すると「河牛《かぎゅう》」となります。魯迅文学は東アジアの古典であり、しかも東アジアの現在に生き続けているのです。

藤井省三

二〇一〇年九月九日

本書の一部の作品には、現在では差別的とされる「侏儒」などの表現があります。作品の舞台となっていると思われる古代中国、先秦時代の王たちには道化師としての従者がいました。王や周囲の人々を楽しませるため、身体的特徴を使って笑いを提供する場合もあり、侏儒もそのような従者の一種でした。以上を踏まえ、古典としての歴史的な、また文学的な価値という点から、原文に忠実な翻訳を心がけた結果であることをご理解くださいますようお願いいたします。

kobunsha classics
光文社古典新訳文庫

# 酒楼《しゅろう》にて／非攻《ひこう》

著者　魯迅《ろじん》
訳者　藤井省三《ふじいしょうぞう》

2010年10月20日　初版第1刷発行
2025年3月15日　第4刷発行

発行者　三宅貴久
印刷　大日本印刷
製本　大日本印刷

発行所　株式会社光文社
〒112-8011東京都文京区音羽1-16-6
電話　03（5395）8162（編集部）
03（5395）8116（書籍販売部）
03（5395）8125（制作部）
www.kobunsha.com


落丁本・乱丁本は制作部へご連絡くだされば、お取り替えいたします。
ISBN978-4-334-75215-6 Printed in Japan

## いま、息をしている言葉で、もういちど古典を

長い年月をかけて世界中で読み継がれてきたのが古典です。奥の深い味わいある作品ばかりがそろっており、この「古典の森」に分け入ることは人生のもっとも大きな喜びであることに異論のある人はいないはずです。しかしながら、こんなに豊饒で魅力に満ちた古典を、なぜわたしたちはこれほどまで疎んじてきたのでしょうか。

ひとつには古臭い教養主義からの逃走だったのかもしれません。真面目に文学や思想を論じることは、ある種の権威化であるという思いから、その呪縛から逃れるために、教養そのものを否定しすぎてしまったのではないでしょうか。

いま、時代は大きな転換期を迎えています。まれに見るスピードで歴史が動いていくのを多くの人々が実感していると思います。

こんな時わたしたちを支え、導いてくれるものが古典なのです。「いま、息をしている言葉で」——光文社の古典新訳文庫は、さまよえる現代人の心の奥底まで届くような言葉で、古典を現代に蘇らせることを意図して創刊されました。気取らず、自由に、心の赴くままに、気軽に手に取って楽しめる古典作品を、新訳という光のもとに読者に届けていくこと。それがこの文庫の使命だとわたしたちは考えています。

このシリーズについてのご意見、ご感想、ご要望をハガキ、手紙、メール等で翻訳編集部までお寄せください。今後の企画の参考にさせていただきます。
メール　info@kotensinyaku.jp